우리는 아름답게 어긋나지

우리는 아름답게 어긋나지

언어생활자들이 사랑한 말들의 세계

초판 1쇄 펴낸날 2022년 3월 21일
초판 3쇄 펴낸날 2022년 5월 25일

지은이 노지양, 홍한별
펴낸이 이건복
펴낸곳 도서출판 동녘

책임편집 박소연
편집 구형민 정경윤 김혜윤
마케팅 임세현 박세린
관리 서숙희 이주원

등록 제311-1980-01호 1980년 3월 25일
주소 (10881) 경기도 파주시 회동길 77-26
전화 영업 031-955-3000 편집 031-955-3005 전송 031-955-3009
블로그 www.dongnyok.com 전자우편 editor@dongnyok.com
페이스북·인스타그램 @dongnyokpub
인쇄·제본 영신사 라미네이팅 북웨어 종이 한서지업사

ISBN 978-89-7297-029-3 (04810)
ISBN 978-89-7297-027-9 (세트)

· 잘못 만들어진 책은 바꿔드립니다
· 책값은 뒤표지에 쓰여 있습니다

우리는 아름답게 어긋나지

언어생활자들이 사랑한 말들의 세계

노지양×홍한별

동녘

표지 설명

표지의 가장 위에 파란색 두 줄이 있다. 첫째 줄 위에 이 책의 제목, 《우리는 아름답게 어긋나지》가 쓰여 있고 둘째 줄 위에 저자인 노지양, 홍한별이 쓰여 있다. 이름 사이에 공저임을 뜻하는 곱하기 표시가 있다. 그 아래부터 책의 3분의 2는 노란색 배경이고, 오른쪽 상단 귀퉁이에 이 책의 부제인 "언어생활자들이 사랑한 말들의 세계"가 쓰여 있다.
왼쪽 상단 귀퉁이에는 파란색 사각형인 듯하지만 아래가 둥글게 베어져 왼쪽 끝이 뾰족한 불완전한 도형이 있다. 대각선으로 마주보고 있는 오른쪽 하단 귀퉁이에는 같은 파란색 사각형이지만 위가 부드러운 곡선으로 베어져 마치 이 둘이 서로의 반쪽인 듯하다.

—

표지 디자인은 기본적으로 시각 디자인입니다. 그래서 시력이 나쁘거나, 시각 장애가 있는 사람들 중에는 표지 디자인을 충분히 느끼지 못하는 이들이 있습니다.
동녘은 맞불 시리즈의 전권에 이 같은 표지 설명을 적어둠으로써 각 책이 전자책이나 오디오북 등으로 만들어졌을 때, 표지 디자인을 시각 외의 감각으로도 전달하고자 합니다.
동녘은 앞으로도 책을 사랑하는 모든 이의 더 평등하고 쾌적한 독서 경험을 위해 노력하겠습니다.

인사말

알고 보면 할 말이 많답니다

ㅇ

옛날 옛적 아주 먼 옛날에 그런 시절이 있었다. 통째로 빌린 카페나 바에 스무 명 정도의 번역가가 모여 있고 한 명씩 일어나 자기소개를 시작한다. "저는 어떤 책을 옮긴 번역가 누구입니다. 오늘은 얼마 전에 출간된 이 책을 가져왔는데요. 혹시 받고 싶은 분 계신가요?" 신청자가 많을 경우 옥션이 시작되고 책을 교환하고 박수를 보내고 눈을 반짝이고, 최근에 재미나게 읽은 책의 번역가라며 신기해하기도 한다.

불문학을 공부했다는 번역가 지망생과 드디어 자기 이름이 찍힌 첫 책이 나온 번역가와, 유명한 고전문학을 비롯해 수십여 권을 번역한 나이 지긋한 선생님도 있다. 이들의 공통점이 있다면 대체로 두 달 만에 처음

외출했고, 가족 이외의 타인을 너무 오랜만에 만나서 무슨 대화를 해야 할지 모르겠다고 하는 내성적이고 소심한 사람들이라는 점이다. 처음에는 서로 눈도 못 맞추고 쭈뼛거리던 이들은 어느새 서넛씩 모여 앉아 진지한 표정으로 고개를 끄덕이면서 자리를 뜨지 못한다.

그날 처음 만난 사람들이 새벽까지 헤어지지 못하고 무슨 이야기를 했을까? 우리는 '번역 이야기'를 했다. 지금 번역하는 책이 왜 까다로우면서도 매력적인지, 왜 소설 번역이 하고 싶은지, 어떤 번역가를 좋아하는지, 나는 왜 번역가가 되고 싶었는지……. 번역 이야기는 해도 해도 끝이 없고 아무리 들어도 지루하지 않았고 끼어들기 위해서는 틈을 엿보아야 했다.

이렇게 하루짜리 수다쟁이가 되어야만 했던 이유는 실생활로 돌아갔을 때 번역이 사람들이 듣고 싶어 하는 흥미로운 주제가 아니라는 것쯤은 알고 있었기 때문이었다. 'brother'가 형인지 동생인지 끝까지 몰라서 저자에게 메일을 보냈다거나, 사투리를 어떻게 번역할까 고심했다는 이야기가 밖으로 새어나간다고 해서 누가 귀를 쫑긋할 것이며 어느 누구에게 도움이 될까?

하지만 우리끼리는 여전히 열렬히 서로를 지지하고 더 말해달라고 부추겼다. 번역 이야기를 한다는 건 내가 특정 언어와 언제 처음 사랑에 빠졌는지, 문학이나 과학과 어떤 관계를 맺고 있는지, 나는 인생에서 무엇을 포기하지 못하고 어디에서 기쁨을 길어내는 사람인지를 고백하는 것과 마찬가지였으니까. 책상 위에 책이 놓여 있어야 하루를 살아낼 수 있고, 쓰는 행위의 모든 것을 사랑하며, 단어 하나를 바꾸면서 희열을 느끼는 사람이 나 이외에도 또 있다는 것은 큰 위로였으니까.

그간 다양한 번역가의 에세이가 출간되었고 나도 이전 두 권의 책에서 번역가로서의 환희와 고충을 다소 풀어놓긴 했지만, 종종 익숙한 자기 검열이 찾아왔다. "이렇게까지 이야기해도 될까?" 하지만 작업실 불을 끄고 집으로 가던 길, 안 풀리던 문장이 조금씩 나아지던 순간에 했던 혼잣말들이 또다시 눈처럼 소복이 쌓여갈 즈음 두 명의 여성 번역가가 편지로 대화를 나눠보자는 제안을 받았다. 주말에 고민하던 중 만약 내가 이 프로젝트를 한다면 반드시 이 친구와 하고 싶다고 생각했고 메일을 보내려는 찰나, 편집자로부터 이 친구의 이름이 적힌 메일이 왔다.

그리하여 언제나 응원하고 애정을 보내던 번역가 친구와 작정하고 원 없이 번역 이야기를 풀어놓을 수 있는 자리가 마련되었다는 이야기.

독특하고 사랑스러운 이름에 말이 적고 상냥하던 이 친구와는, 20대에는 같은 공간에서 동떨어져 있다가 30대 후반에야 서로를 발견하고 40대에는 의지하게 되었다.

그리고 편지라는 형식이 얼마나 자유롭고 부요할 수 있는지를 새롭게 발견했다. 내가 어떤 말을 하든 경청하고 이해해줄 청자를 믿고 먼지처럼 흩어져버릴 사사로운 생각들을 정리할 수 있었으며, 항상 찾아 읽고 싶었지만 어디에 숨어 있는지 몰랐던 글이 2주에 한 번씩 '받은 편지함'에 도착했다.

이 책은 오랜 세월 동안 아침에 책을 펴고 이국과 모국의 언어를 만지작거려온 여자들의 이야기랍니다.

혹시 받고 싶은 분이 계신가요?

노지양

차례

3

옮긴이의 진심

4

책을 사랑하는 가장 지독한 방식

5

보이지 않을 뿐, 사라지지 않은

작가는 아니지만
글 쓰는 사람입니다

어제는 천둥이 치고 비가 무섭게 쏟아지더니 오늘 아침 햇빛은 유난히 투명하다. 날마다 집에서 똑같은 모습으로 일하는 나지만, 이런 날만은 조금이라도 다르게 보내야 하지 않나 싶어 몸이 근질거려. 집 근처 카페에라도 가서 일해야겠다 마음먹고 샤워하고 단장하고 달랑거리는 귀걸이까지 귀에 걸었는데, 막상 노트북을 챙겨서 나가려니 큰 모니터 없이 일하려면 얼마나 답답할까 하는 생각이 드는 거야. 원문 파일, 번역문 파일, 사전 검색을 할 수 있는 웹 브라우저 이렇게 최소 세 개 창을 동시에 띄울 수 있는 널찍한 모니터가 있어야 하는데. 우리가 하는 일이 얼핏 지적 노동인 것 같지만, 알고 보면 키보드를 두드리고 창 사이를 오가는 단순 노동이 상당 분량을 차지하기 때문에 노동환경 최적화가 효율에 큰 영향을 주잖아. 그래서 귀걸이 빼고

트레이닝복으로 다시 갈아입고 책상에 앉았다.

그런데 이미 야릇하게 살랑거린 기분에 바로 일하기는 싫어 종이를 꺼내 이렇게 편지를 쓴다. 큰 모니터 이야기가 나왔으니 말인데, 이 일을 시작한 뒤로 우리 작업 환경도 많이 바뀌었지? 일단 옛날에는 이렇게 크고 얇은 모니터가 없고, 모니터 두께가 책상을 거의 다 차지해서 키보드는 책상 아래에 트레이를 달아 거기에 놓곤 했는데. 내가 처음 책 번역을 한 게 1999년이었는데 인터넷이 있긴 했지만 속도가 지금처럼 빠르지 않아서(ADSL 시대였다고 기억해), 인터넷 사전을 참고하는 건 꿈도 못 꿨어. 대신 사전 어플리케이션을 컴퓨터에 설치해서 썼는데, 그것만으로도 종이 사전을 뒤적이는 것과는 비교도 할 수 없이 빠르고 편리해서 대단한 기술적 진보를 이룬 느낌이었어(동아 프라임 사전이 탑재된 마이크로소프트 북셸프 2.0을 썼지).

산뜻한 아침부터 구닥다리 옛이야기를 하자니 나만 즐거운 것 같지만, 첫 번째 편지니까 근원 설화를 이야기하는 것도 나쁘지 않을 듯하니 이왕 한 거 좀 더 해볼게. 혹시 너한테도 어린 시절에 접하고 원형적 기억처럼 남은 번역가의 이미지가 있니? 사실 난 있다. 우리 중학생 때 엄청 인기 있던 주말 연속극 〈사랑의 굴레〉

에서 노주현과 고두심 배우가 부부 역할을 맡았었는데, 김미숙 배우가 연기한 '이선미'라는 인물이 그 집의 가정교사를 그만두고 한 일이 번역이었다는 거, 생각나? 동그란 식탁 같은 데에 사전, 책 따위를 펼쳐두고 종이에 만년필로 작업하던 모습이 기억에 뚜렷이 남았네.

옛날에는 다들 그렇게 작업할 수밖에 없었지만 종이 사전에 의지해 번역을 하기란 얼마나 힘든 일이었을까. 효율성도 크게 떨어지지만 인터넷 검색으로 알아낼 수 있는 정보량과 종이 사전의 정보량은 비교할 수 없을 만큼 큰 차이가 나니까. 그런데 한편으로 그런 작업 환경이나 일하는 모습이 마음속에 로망처럼 남아 있는 것도 사실이야. (지금 문득 그런 생각이 들었는데, 정말 이상한 일이지만 나는 〈사랑의 굴레〉 때문에 번역가가 된 걸까? 그 드라마에서 유독 그 장면만 아직도 잊히지 않고 머릿속에 남아 있는 걸 보면.) 지금 이 글도 리걸 패드에 만년필로 적고 있는데, 그러면 어쩐지 글이 잘 써지는 느낌이 들어. 종이에 끼적인 글을 컴퓨터로 옮기고 나면 아니란 걸 알게 되지만.

왜일까? 종이에 펜으로 글을 쓰는 일이, 내가 "글을 쓰고 있다"는 사실을 물리적 감각으로 느끼게 해주기 때문일지도 모르겠다. 글을 쓰는 일이 주는 만족감을, 사각사각거리는 펜과 종이 위에 차곡차곡 쌓이는 단어들로부터 구체적으로 느낄 수 있어서. 그래, 내가 "글을 쓴다"는 것에 오래전부터 동경을 품어왔고, 글을 쓰면서 설레는 기쁨을 느끼는 건 사실이야. 하지만 그렇다고 사람들이 번역가들을 치켜세우려고 (혹은 위로하려고) 하는 "번역은 제2의 창작이다"라는 말에 얼른 맞장구치고 싶다는 뜻은 아니야. 솔직히 이 말에는 별로 공감을 안 해. 번역이 창작이고 번역가가 창작의 주체라고 쉽게 말하지만, 사실 번역가들에게는 창작의 욕구를 억누르고 원문의 형식과 저자의 뜻을(태초의 말씀을) 충실히 따라야 한다는 흡사 종교적인 정결의 의무가 부과되지 않나? '충실성'을 저버리고도 사면받을 수 있는 번역가는 없을 테니. 어쨌든 창작이든 아니든 번역이 글을 쓰는 과정이긴 하지. 그리고 번역하는 사람들은 글을 쓰는 일에서 즐거움을 느끼는 사람이고.

그런데 글쓰기로서 번역은 상당히 얄궂은 위치에 있는 듯해. 우리는 보통 책을 읽으면서 번역의 존재를 느끼지 못할 때 그걸 '잘한 번역'이라고 부르잖아. 어색하거나 튀거나 삐거덕거리거나 연결이 불완전한 부분이 없는, "흡사 원래 한국어로 쓰인 책인 것 같은" 천의무봉의 옷자락을 추구해야 한다고도 하고. 이렇게 번역이 투명하다는 것은 번역이 없다는 뜻이 아니라 오히려 정반대잖아. 수면 위의 모습이 우아할수록 그 아래의 물장구는 치열하기 마련이니까. 서로 다른 언어가 겹쳐질 때 어긋남과 마찰이 없을 수가 없는데, 그걸 어떻게든 무마했다는 거니까. 번역이 보이지 않는 책은 번역가의 개입이 적은 게 아니라 많을 수밖에 없지. 분명 그러면서 충실성의 선을 슬쩍슬쩍 넘을 수밖에 없었을 테고. 그러니까 번역은 기본적으로 보이지 않으려고 분투하는 글쓰기고, 창작의 충동과는 전혀 다른 충동을 따르긴 하지만, 그래도 분명히 쓰는 과정이긴 하지. 그리고 그렇게 쓸 수 있는 사람은 나밖에 없을 거고. 같은 글을 번역해도 번역가마다 다른 글이 나오니까.

왜 나는 내가 착상하지도 않은 글을 쓰면서 즐거워하고(착상의 고통이 없어서일 수도 있겠지만) 직업으로까지 삼게 된 걸까? 이것도 옛날이야기지만 내가 이 말 했던가? 고등학교 3학년 때 느닷없이 영문과에 가야겠다고 마음먹은 날이 있어. 공부하다가 지겨워서 내가 좋아하는 윤동주 시집을 읽고 있는데 〈바람이 불어〉라는 시가 눈에 들어왔어. 윤동주 시가 대체로 그렇지만 이 시는 특히 쉬운 시어로 이루어져 있잖아. 그 시를 되풀이해서 읽는데 문득 한 행씩 영어로 바뀌어서 머릿속에 떠오르는 거야(첫 줄이 'Wind blows'였으니 사실 중학교 1학년도 떠올릴 수 있는 문장이긴 해). 그래서 종이에 옮겨 적으면서 이 단어를 쓸까 저 단어를 쓸까 고민도 해보고 이렇게 고치고 저렇게 고치기도 해봤어. 사실 내가 다니던 고등학교에 외국에서 살다 와서 아름다운 유음을 구사하고 영어 성적도 무척 좋은 친구들이 몇 있었는데('letter'라는 단어에는 보기와 달리 파열음은 하나도 없고 유음만 있다는 사실을 그 친구들 덕에 알게 되었지), 그 친구들을 보면서 신토불이로 살아온 나에게는 영어가 언제까지나 장벽일 거라고 생각했거든. 그런데 내가 좋아하는 시의 다른 버전을, 비슷한 의미와 비슷한 리듬과 비슷한 감성을 담으면서도 다른 시를, 새로운 시를 내가 만들 수 있다는 사실을 알게 되고 기분이 무척 좋았나 봐. 그래서 감히 영문과에 가겠다고 결심을 했어.

내가 이 일을 좋아하는 것도 그래서인 것 같아. 단어를 고르고 문장을 다듬는 데에서 느끼는 기쁨. 착상은 다른 사람이 하고 나는 그 착상으로 글을 쓰는 도구가 되는 셈일까. 번역이라는 일은 어떻게 보면 저자와 번역가의 협업이라고 할 수 있지 않을까. 글 작가와 그림 작가가 협업해서 만들어내는 그림책에 비할 수 있을까. 각본가와 감독이 함께 만드는 영화나? 물론 이런 작업들과 비교하기에는 작업의 비중이나 분배 정도가 다르긴 하겠다. 저자가 책을 쓰는 데 들이는 시간과 노력과 고민에 번역가의 노고는 비할 바가 아닐 테니까. 그래도 협업이라는 개념이 점점 부각되고 번역가의 역할도 예전에 비해 훨씬 중요하게 여겨지게 된 듯해. 그렇지만 저자와 번역가는 글이라는 같은 매체를 쓰기 때문에 어디에서부터 어디까지가 누구의 작업인지 구분이 되지 않지. 그래서 번역이 사라지는 것처럼 보이는 거고. 보이지 않기 때문에 번역가가 노력에 합당한 대우를 받지 못하는 것일 수도 있겠다는 생각이 든다.

사회적·경제적 보상이 많지 않은데도 우리가 이 일을 하는 건 어쨌든 글을 쓸 때의 기쁨 때문이 아니겠어? 이 자리에는 무슨 단어가 들어가면 좋을까 고민하다가 딱 들어맞는 단어가 떠올랐을 때의 짜릿함, 도무지 한국어로 옮겨지지 않을 듯한 문장을 두고 끙끙대다가 키를 발견하고 스르륵 암호를 풀 때와 같은 상쾌함, 운 좋게 비슷한 소리가 나는 단어가 포개졌을 때 뜻하지 않게 생기는 리듬, 다른 색과 무늬의 천을 서로 대보며 잘 어울리는 천을 찾을 때처럼 단어들 사이의 어울림과 간섭을 탐구하는 과정. 원문에서 느껴지는 아름다움, 스산함, 슬픔, 따뜻함, 고요함, 충격, 통렬함을 조심스럽게 내 언어로 어루만져 이루어내는 일. 거기에 속절없이 낚여버린 거야.

너의 근원 설화, 네가 처음 번역을 시작하게 된 이야기도 듣고 싶다.

2021년 6월 29일

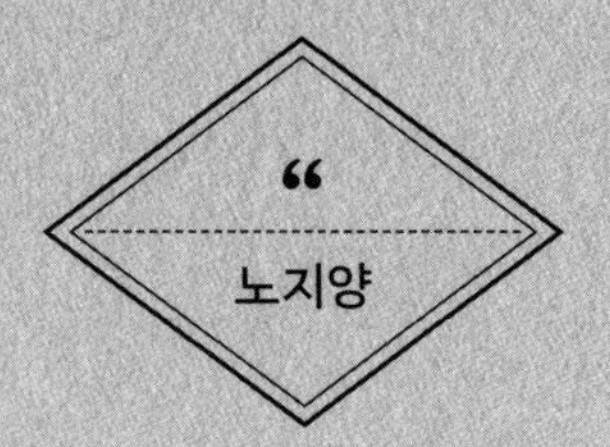

언어 사이를

종종 거리는 기분

월요일 오전은 우리 같은 주부에게는 휴식 시간이 되어야 하는데 집안 꼴을 보고 있으면 쉬어도 쉬는 것 같지 않네. 청소하고 빨래하고 쓰레기를 비우다가 무의식의 명령을 받은 내 손이 갑자기 냉장고 청소를 시작했고 묵은 김치가 든 김치통들을 다 꺼냈지 뭐야. 그런데 그냥 꺼내놓기만 하고 나왔어. 나머지 일은 오후의 내가 알아서 하겠지.

알다시피 나는 오래전부터 내 작업실을 반드시 사수하고 있는데 내가 일하는 게 아니라 작업실의 내가 일을 하거든. 집에서 "오늘 어떻게 하면 하루 종일 빈둥댈 수 있을까" 중얼대던 내 모습은 어디론가 사라지고 작업실에 오자마자 바로 메일함과 한글 파일을 열고 빠릿빠릿하게 일을 시작해. 기계의 'on' 버튼을 누른 것 같달까? 언젠가부터는 마감이 걱정되다가도 '다음 주에 작업실에서 평소보다 몇 시간 더 버티면 해결되겠지'라고 생각해버려. (실제로 해결돼.) 작업 공간과 휴식 공간의 분리라고 포장할 수 있겠지만, 의지박약형 인간이 비용을 지불하고 습관의 힘을 산 것이라고 말하고 싶군.

카페에서 노트북으로 일하는 걸 꺼리는 이유는 난 기계식 키보드에 유난히 애착을 갖고 있거든. 컴퓨터는 인터넷 쇼핑몰에서 10분 만에 주문한 기본 사양의 일체형 컴퓨터를 몇 년째 쓰고 있는데, 키보드만큼은 용산의 타건숍에 가서 직접 여러 가지를 비교 체험해보고 가장 손에 맞는 걸 골랐어. 리얼포스 키보드라는 건데 이 찰칵찰칵거리는 경쾌한 소리를 듣고 있으면, 심리적으로 안정이 된다. 내가 있어야 할 자리에서 할 수 있고 좋아하는 일을 한다는 실감이 든달까.

나도 번역가들에게 근원 설화를 묻는 걸 좋아해. 너의 설화처럼 예상 못한 대답이 등장하기도 하더라고. 〈사랑의 굴레〉라는 드라마는 열심히 봤는데 김미숙 배우가 번역가 역할을 한 건 기억이 나지 않네. 나는 아무래도 너보다 번역을 약간 늦게 시작했고, 원래는 방송작가를 소망하다가 차선으로 택한 직업이기 때문에 그 전에는 번역이나 번역가를 의식하진 않았나 봐. 그래도 네 편지 덕분에 떠오른 기억이 하나 있는데, 대학교 2학년 여름방학에 그럴듯한 이름을 붙인 종로의 번역 관련 회사에 찾아간 적이 있어. 직업 정신으로 무장한 30대 초반 정도의 직원이 나에게 일감을 받으려면 먼저 70만 원을 내고 학원에 등록해야 한다는 거야. 그때 청록색 마스카라가 한참 유행하던 차라 신경 쓰고 간다고 청록색 마스카라를 덕지덕지 칠하고 갔는데, 얼굴은 통통하고 옷차림은 촌스러운 대학생이 우물쭈물거리는 모습이 안쓰러워 보인 모양인지 처음에는 강권을 하다가, 결국에는 굳이 등록하지 않아도 된다고 말하더라. 그날 내가 사기 비슷한 것에 걸려들지 않은 건 촌스러운 청록색 마스카라 덕분이라고 믿고 있어.

내가 번역가를 업으로 삼게 된 이유 중에 하나가 로망이 없었기 때문이라고 생각해. 처음엔 환상이 없어서 실망할 일도 없었고 혼자 방구석에서 일하는데 책이 나오는 것만으로도 감격이었어. 또 언젠가 신형철 평론가의 팟캐스트에서 "좋아하는 일보다 잘하는 일을 하면 직업 만족도가 크다"는 말을 인상 깊게 들었어. 방송 원고를 쓸 때는 재기나 순발력이 부족하다는 의식이 있었는데, 한 문화센터의 번역 수업에서 과제 발표를 하면서 '내가 잘하는 편이구나'라고 느꼈고 '이 일로

정했다. 밀어붙여보자'라고 생각하면서 도전했지. (물론 막상 번역가가 된 이후에는 이 생각을 수백 번 수정하고 수십 차례 자존감 하락을 경험해야 했지만.) 그런데 재능이 있다는 건 똑같은 시간 동안 했는데 남들보다 뛰어난 결과를 내는 게 아니라 '여기서 한 발 더 노력할 수 있겠구나. 내 시간과 노력을 아낌없이 투자해도 억울하지 않겠구나'에 가깝지 않을까 싶어.

또한 이 일을 있는지 없는지 모를 창의력이나 필력을 발휘할 수 있는 일이라기보다, 그나마 할 수 있는 것을 하며 돈을 버는 '직업'이고 '노동'이라고 여기면 나와 안 맞는 책을 하면서도 버틸 수 있었어. 그렇게 애써 거리를 두면서 일한 적이 많았고. 요즘에도 종종 이보다 자본주의적이고 가성비 높은 일을 하겠다며 떠들기도 하지만, 네 편지를 읽으면서 다시금 인정할 수밖에 없게 된 거야. 책을 읽는 일과 글을 쓰는 일이 내게 주는 특별하고 은밀한 기쁨이 없었다면, 이 일을 이토록 오래 하지 못했을 거라는 걸. 왜 영어와 한국어 사이에서 종종거리는 일이 여간해서 질리지 않는 걸까. 언어에 대한 사랑, 지적 호기심, 문학적 욕구까지 한 번에 해결해 줘서였을까.

전 세계 다양한 번역가들의 일에 대한 고백을 담은

쓰지 유미의 《번역과 번역가들》 서문에 네가 속절없이 낚여버렸다는 말과 비슷한 문장이 나왔네.

> 번역가들은 말과 이문화異文化에 매혹된 사람들이다.

또 가브리엘 가르시아 마르케스의 《콜레라 시대의 사랑》을 번역한 이디스 그로스먼의 책 《번역 예찬》에서의 다음 문단을 읽고 우습기도 하고 재미있어서 베껴 놓았어.

> 진지한 전업 번역가라면 자신이 하는 일에 대해 곰곰이 생각해볼 때, 달리 어떤 생각이 들건 자신을 작가라고 생각한다고 저는 믿습니다. 대개는 남몰래 그런 생각을 하지요. 순전히 주제넘은 생각일까요? 분수를 모르는 도취적 생각일까요? 번역가는 그저 하찮고 이름 없는 문학의 시녀요, 시종이 아닐까요? 고마워하며 출판업계에 늘 알랑거리는 종이 아닌가요? 제가 동원할 수 있는 말 중에 가장 울림이 있고 점잖은 대답은 '아니오'입니다. 번역가가 하는 일의 가장 기본적인 특징은 글을 쓴다는 데 있기 때문입니다. 고쳐 쓰는 일이라고도 할 수 있을 것입니다.

예전에 첫 명함을 만들 때 번역가라고 할까, 번역작가라고 할까 고민을 했는데 나는 번역가가 작가라고 생각하지는 않고 훌륭한 작가가 될 자신도 없지만, '글 쓰는 사람'이란 말은 앞으로도 오래오래 내 곁에 붙여 두면 좋겠어.

나야 잡생각이 차고 넘쳐서 내보내지 않으면 탈이 날 것 같아 에세이를 썼고 감사하게 책도 낼 수 있었지만, 내 원고 작업이 끝나고 나면 "와, 드디어 이제부터 번역할 수 있겠다" 하면서 기뻐하며 책상에 앉아. 물론 그 책이 얼마나 번역하고 싶은 책이냐에 따라서 다르겠지만 말이야.

날 행복하게 하는 책은 네가 언젠가 말한 것처럼 소설가나 전문 작가, 즉 글쟁이가 쓴 책, 그렇게 까다롭지도 않고 그렇다고 너무 평이하지도 않아 약간은 도전이 되는 책, 무엇보다 문장의 아름다움을 선사하는 책이야. 그런 책을 만날 때는 시간이 얼마나 흘렀는지도 잊고 번역을 하게 된다.

2020년 말에 비비언 고닉의 《사나운 애착》을 번역할 때였어. 유행의 원조가 된 고전 영화 속 패션 아이템을 만나서 진가를 확인한 느낌이었지. 하지만 마감을 몇 번이나 미룬 상태라 마음이 초조했고, 작업실은 추워서 늘 손발이 시렸고, 아무리 수정해도 번역이 부족해 보여서 불안하기도 했는데, 책의 말미에 이런 문장이 나오는 거야.

> 인생은 어렵다. 영광이 있고 고초가 있다. 생각은 멋들어진 동료요, 흥분이다. 한편 외로움은 나를 끝없이 갉아먹으려 한다. Life is difficult, a glory and a punishment. Ideas are excitement, glamourous company. Loneliness eats into me.

있는 그대로 번역하기만 해도 리듬이 살고 의미가 전달되어서 기쁜데다가 이 문장이 나를 가만히 위로해주기도 하는 거야. "맞아, 인생은 누구에게나 어려운 거지"라고 중얼거리면서 힘을 내 한 번 더 전체적으로 읽고 고치던 기억이 나네.

그리고 2013년에 번역한 《하퍼스 바자》 편집장 리즈 틸버리스의 《나는 왜 패션을 사랑하는가》는 개인적으로 특별히 애정을 갖고 있어서 아직까지도 늘 보이는 곳에 놔둬. 이 책의 에필로그를 특히 사랑하는데, 저자는 난소암으로 병원에 입원한 뒤 친구들에게 자기가 생각나면 정원에서 아름다운 돌을 골라 그 돌을 볼 때마다 자신을 생각해달라고 해. 한 친구는 개구리가 그려진 돌을 구해 정원에 놔두었대. 그런데 어느 날 진짜 개구리가 매일 이 정원에 와서 수영을 하다가, 리즈 틸버리스가 퇴원해서 회복할 즈음에 다시 숲으로 돌아갔다는 거야.

> 나도 그렇게 최선을 다해 내 자리를 지키려 한다. 개구리는 숲에 있어야 하기 때문이다. and that's all I am trying to do now, keep the frog in the forest.

책의 가장 마지막 문장이야. 왜인지 모르겠지만 종종 이 문장이 떠올라. 그리고 응용을 해서 읊조려보기도 해. "나는 아직 건강하고 내 앞엔 할 일이 있다. 개구리는 숲으로 돌아가야 하고, 나는 작업실에 나와 번역을 해야 하는가 보다."

2021년 7월 12일

번역가를
갈아 넣어도 되는 걸까

네가 사인해서 보내준 《오늘의 리듬》 잘 받았어. 책이 나오기 전에 네가 누가 이런 이야기(번역가의 일상 따위를) 궁금해할까 걱정했잖아. 읽어보니 내가 궁금했던 이야기, 내가 듣고 싶은 이야기가 거기 있더라. 네가 에세이를 두 권이나 내줘서 나는 궁금했던 이야기를 많이 들었는데, 나만 이렇게 들을 수 있는 게 미안하기도 하다. 그런데 나한테는 너처럼, 평범한 일상을 바닷가 조약돌처럼 발견해서, 어루만져 반짝이는 보석으로 만드는 재주는 정말 없는 것 같아. 그래서 네가 써준 이야기들처럼, 읽으면 마음 한구석에 빛이 드는 듯한 글을 너에게 보내줄 자신은 없구나.

하지만 《오늘의 리듬》에서 번역료 수입에 대한 글을 읽고, 암울한 이야기가 되겠지만 이 이야기를 이어가볼까 하는 생각이 들었어. 그제 번역가 ㄱ선배를 만나서 들은 이야기에서, 아니 그전에 온라인 서점에서 내 번역서에 붙은 독자 서평을 보았을 때 시작된 생각이기도 해.

내가 번역한 소설 《클라라와 태양》은 서술자인 클라라가 인공지능을 지닌 안드로이드잖아. 클라라는 어린아이 같은 상태로 세상에 나왔고 주위를 관찰하면서 세상을 학습해나가거든. 그래서 보통 사람들과 사고하는 방식이나 말투도 조금 다르고 독특한 개인어도 종종 쓰지. 예를 들면 'high-rank clothes'라는 말을 여러 번 써. 게임에나 나올 법한 어색한 표현이잖아. 이걸 그냥 '고급스러운 옷' 등으로 옮기면 한국 독자들이 읽기에 익숙하고 편하겠지만, 나는 클라라 말투의 특징을 살리는 게 더 중요하다고 생각했기 때문에 편집자님과 의논해서 '등급이 높은 옷'으로 옮겼거든. 그런데 온라인 서점에 올라온 독자 서평 가운데 그 말이 우리가 잘 쓰지 않는 어색한 표현이라고 지적하면서 번역이 좋지 않다는 비판이 있더라고. 고민해서 일부러 어색하게 옮긴 부분을 딱 지적받으니 억울했지만, 거슬려하는 사람이 있을 걸 예상 못한 건 아니니까. 그렇긴 한데 서평에서 그다음 줄을 읽고 나서 든 심정은, 그냥 아연함이었어. "번역이 돈이 안 되는 일이라는 건 알지만 너무하다."

"번역가는 돈을 못 번다. 번역은 따라서 실력이 없는 사람이 대충 하는 일이다"라는 전제를 당연시하는 독자가 있다는 게 충격이었어. "번역가는 돈을 못 번다. 번역은 그럼에도 불구하고 이 일에서 다른 만족과 보람을 느낄 수 있는 사람이 하는 일이다"라는 해석은 나만의 꽃밭 속 생각이었나 봐. 내가 하는 일이 돈을 못 버는 일이기 때문에 가치가 없는 일로 평가된다는 것, 내가 시장에서 몸값을 제대로 받지 못하기 때문에 가치 없는 존재가 된다는 것, 그렇기 때문에 내가 상당한 고민을 거쳐서 결정한 클라라의 말투가 누군가에게는 게으르고 무성의한 작업의 결과로 해석된다는 것. 이건 충격이었다.

그래서 진짜 진지하게 번역료에 대한 고민을 하기 시작한 거야. 나는 물론 큰돈을 벌고 싶은 욕심은 없어. 그런 게 있었으면 진작 다른 일을 했겠지. 아니, 같은 번역이라도 기술 번역이나 교재 번역을 하면 수입이 훨씬 낫다는 거 알아. 두 가지 다 잠깐 해보았는데, 나는 통장에 숫자가 찍히는 것보다 책 표지에 내 이름이 찍히는 데에서 더 만족감을 느끼는 사람이더라고. 두어 달 만에 접고 다시 출판 번역으로 돌아왔지. 그런데 내가 돈을 적게 벌기 때문에 내가 하는 일이 중요하지 않은 일로 간주된다? 그건 참을 수가 없는 일이지.

사실 출판사와 번역 계약을 할 때 인세 몇 퍼센트, 매당 번역료 얼마를 정하는 것뿐 아니라 부수에 따른 인세 변동이나 전자책의 인세 같은 것도 꼼꼼히 따져야 한다는 건 아는데, 나는 "그래보아야 베스트셀러가 되지 않는 한 고작해야 몇만 원 차이일 텐데" 하면서 좀 귀찮아하는 편이거든. 내가 너무 아무 생각 없는 것처럼 보였는지 어떤 편집자님이 내가 요구하지 않은 걸 계약서에 슬쩍 넣어준 적도 있어. 그 책이 잘 되어서 덕을 좀 봤지.

그런데 이제는 금전적인 부분에 이런 안일한 태도로 접근해서는 안 되겠다는 생각이 들더라. 나처럼 경력이 어느 정도 쌓인 번역가가 번역료를 부풀려야, 번역료 평균이 조금이라도 올라가는 게 아닌가 하는 책임감도 들었고. 내가 열악한 조건의 일을 수락해서 다른 사람들의 몫도 작아지면, 그러니까 내가 경쟁입찰에서 지나치게 낮은 가격을 적어내는 꼴이면 안 되잖아.

그래서 일단 다른 번역가들이 번역료를 얼마나 받는지 알아봐야겠다 마음먹고 트위터에서 작은 설문 조사를 했어. 스무 명 정도가 답을 해서 표본이 작긴 하지만, 원고지 매당 번역료를 나보다 더 많이 받는다고 답한 사람은 단 한 명도 없었으니 내 걱정은 기우였더라. 나는 높은 번역료가 많이 나와서 전체적으로 번역료 평균을 견인하는 결과가 나오면 좋겠다는 꿈을 꾸었지만, 허황한 기대였나 봐. 그리고 이 설문 조사에서 경력과 번역료 사이에 상관관계가 없다는 것도 확인했어. '괜한 일을 벌여서 어두운 면만 드러난 건가' 하는 생각도 들었다.

그제 만난 ㄱ선배도 비슷한 상태이시더라고. ㄱ선배는 번역가 후배들한테서, 선배 같은 분들이 열심히 싸워서 번역료를 올려놓지 않았기 때문에 우리가 이런 조건으로 일하는 거 아니냐고 원망을 들었대. 그 말을 듣고 자신이 그동안 대단한 일을 하고 있다는 착각으로 생활력 없음을 정당화했던 건 아닌가 하는 생각이 들면서 번역 일 자체에 대한 회의에 빠지셨다는 거야.

그러면 어떻게 해야 할까. 이제 보람이니 사명이니 하는 건 집어치우고 입금되는 만큼만 일하는 계산적 번역가가 되기로 하나? 좋은 결과를 얻고 싶으면 번역에 더 많이 투자하면 된다고 공언하고 번역료에 맞춘 합리적 노동만 하나? 왜 우리는 적절한 시장가치로 환산되지 않는 일을 하면서 이런 고민을 해야 하나? 노력에 비해 보상이 적다고 생각하면 이 일을 안 하면 되는 게 아닌가?

하지만 그건 내가 원하는 세상은 아니겠지. 나는 출판 번역 수준이 지금처럼 높지 않던 시대에 산 적이 있고 그때 잘못된 번역이 책을 얼마나 망가뜨릴 수 있는지, 얼마나 독서에 큰 지장을 주는지 기억하는데. 어떤 번역서를 집어도 간유리 안경을 끼고 읽는 것처럼 애매하고 아리송하게 읽히던 때로 돌아가고 싶지는 않아.

가끔 유명 번역가나, 번역이 본업이 아닌 학자나 작가가 정말 누가 보기에도 공을 많이 들인 번역을 내놓을 때 있잖아. 한 단어 가지고 종일 고민했다고 하기도 하고. 그럴 땐 솔직히 질투도 난다. '나도 시간만 많이 들이면 지금 내가 하는 것보다 더 잘할 수 있어. 그러면 먹고살 수가 없어서 못 하는 것일 뿐. 그런데 저분들은 번역이 아니어도 다른 생계 수단이 있으니 그런 식으로 작업하는 거겠지.' 이런 생각을 하면서. 사실은 아니겠지. 학자나 작가나 (아무리 유명하더라도) 번역가가 수입이 넉넉할 리는 없으니까. 그런 작업을 해주는 분들을 질투할 게 아니라 고맙다고 엎드려야 마땅한 건데. 그런 분들이 있어 그렇게 훌륭한 책을 한국어로 읽을 수 있는 거니까. 이해 못할 사명감을 가지고 번역에 터무니없는 공을 들이는 번역가가 존재한다는 것이 실은 얼마나 고마운 일인지.

그래서 번역의 품질과 번역료에 대해 이야기하자면 결론이 나지 않는 것 같아. 번역에 들어가는 노력에 맞게 번역료를 현실화한다면 지금처럼 다양한 번역서를 만날 수 없게 될지도 몰라. 그런 한편 누군가의 훌륭한 번역에 감탄하다가도, 그게 그 번역가의 노력을 갈아넣은 희생이라는 생각을 하면 마음이 썩 편하지는 않은 거지.

나는 한 달 한 달 적은 돈이라도 벌어야 먹고살 수 있으니 최고의 번역을 위해 마냥 공을 들일 수 있는 처지는 아니고, 스케줄과 번역료에 맞춰 적당히 타협하는 번역을 해야 하지만, 그래도 적어도 내 손을 거쳐 간 책이 원래 그 책의 본래 가치보다 더 못한 책으로 바뀌어 출간되는 일만은 없어야 한다는 생각은 있어. 부정확하고 무성의한 번역이, 책이 독자와 만나는 데 얼마나 큰 걸림돌이 되는지 아니까. '출판사나 독자 들이 번역이 책에 얼마나 큰 영향을 미치는지를 더 잘 알게 되면, 출판사에서도 번역에 더 많이 투자할 수 있게 되지 않을까' 하는 생각도 해본다. 그때까지 내가 할 수 있는 일은 보이지 않는 노동이나마 열심히 하는 것뿐.

ㄱ선배가 동네 서점을 중심으로 번역가들을 모아

서 번역가 유니언을 만들면 좋겠다는 말을 하시길래 "네, 저도 어릴 때부터 꿈이 세계 혁명입니다" 하고 농담조로 말하긴 했지만, 이제 정말 번역가의 수입이나 표준 계약서 등에 대해 같이 이야기해야 할 때가 되었다는 생각이 들어. 우리가 하는 일이 저임금 비숙련 노동도 아니고, 인공지능 번역기가 쉽게 대체할 수 있는 일도 아니란 걸 알리는 것도 필요하겠지. 그게 우리가 책을 쓰는 이유 중 하나일 것도 같다.

2021년 7월 15일

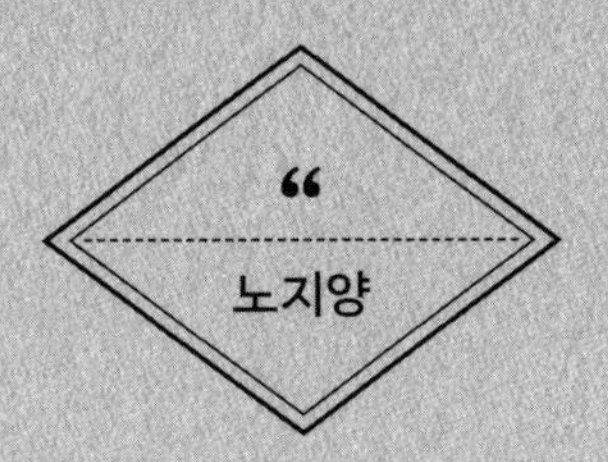

좋아서 하는 일에도

돈은 중요해

너의 두 번째 편지를 정신없이 읽어 내려가다가 번역가의 수입 문제에 대해 논의와 변화가 필요하다는 의견 뒤에 "그게 우리가 책을 쓰는 이유 중 하나일 것도 같다"라는 마지막 문장을 읽고 작은 탄성을 내뱉었어. 다큐멘터리의 마지막에 자막이 올라갈 때의 감동이라고 해야 하나. 읽고 나서 바로 답장을 쓰고 싶었는데 너무도 많은 생각이 한꺼번에 쏟아져서 머릿속으로 며칠 정리를 해야 했어.

먼저 《클라라와 태양》에 붙은 서평을 읽고 네가 받은 충격이 이해되면서 같은 크기의 마음으로 속상하다. 정확하고 꼼꼼하면서도 원래 한국어로 된 글처럼 자연스럽게 읽히는 네 번역이 나오기까지 얼마나 많은 공이 들어가는지 누구보다 잘 알기 때문에도 그렇고. 나도 《클라라와 태양》을 읽었지만 어설픈 말투와 낯선 표현 때문에 오히려 클라라가 인격체처럼 다가오고 그의 사랑이 훨씬 더 애처롭게 느껴졌는걸. 텍스트 이해가 떨어지고 번역 일의 강도나 업계 사정을 모르는 예의 없고 무지한 서평은 무시하는 게 좋을 것 같아. 나는 《나쁜 페미니스트》와 《헝거》 번역이 파파고보다 못하다는 댓글도 받아보았다고.

번역과 돈, 번역가의 수입. 나와 너뿐만 아니라 얼마나 수많은 번역가가 이 문제를 놓고 씨름하고 열패감과 자부심과 속상함과 일에 대한 애정 사이에서 갈등하면서 오늘도 책상 앞에 앉아 있을까.

동네 친구가 내가 예전에 쓰던, 빌라의 공동 놀이방 구석에 마련한 협소하고 칙칙한 작업실을 보면서, 이런 곳에서 꼼짝 않고 몇 시간씩 앉아서 작업하는 내가 대단하다며 놀란 적이 있어. 그리고 내 수입을 말하면 두 번 놀라지. 번역가의 수입이 많지는 않을 거라 예상했지만 이 정도일 줄은 몰랐다는 거야. 그래도 난 웃으면서 넘겼지. "원래 이 바닥이 그래." 왜냐면 네 말대로 내 손을 거쳐 간 책의 가치가 떨어지지 않게 하기 위해 최선을 다했기에 힘들어도 떳떳했고, 절대적 수입이 내 일이나 나의 가치를 정의한다고는 생각하지 않았기 때문이야. 그런데도 이 일을 하길 희망하는, 실력과 열정을 겸비한 후배들에게 왜 "이 수준의 노력을 할 거면 다른 일을 하는 편이 낫다. 연차가 쌓일수록 지치게 될 가능성이 있다"고 말하게 될까. 그런 친구들이 번역가가 되는 것이 출판계의 미래나 번역서의 품질에 이익이 될 텐데도 애정이 있는 지인에게는 추천하기가 힘든 이유가 뭘까.

최근의 내 일화를 이야기해볼게. 평소에 내가 주로 작업하던 페미니즘이나 인문학 장르와는 약간 다른, 전문적이고 까다로운 내용이 빽빽하게 들어간 책의 의뢰가 들어왔고, 앞부분만 읽어도 시간과 노력이 얼마나 추가될지 예상이 되었기 때문에 번역료를 약간 올려 받고 싶었어. 그래서 평소에 받는 번역료보다 원고지 매당 500원을 높게 불러보았지. 그랬더니 편집자가 굉장히 난색을 표하면서 상사한테 문의하고 회의를 거쳐야 한다고 하더라. 상당히 여러 단계를 거친 회의였는지 며칠이 흘렀고 그 책을 안 하는 편이 낫겠다고 생각하던 찰나, 300원 인상으로 계약해주실 수 있느냐고 부탁하는 메일이 왔더라. 결국 그 책을 하긴 했는데 예상대로 시간이 1.3배 이상 걸렸고 숨이 턱턱 막혔어. 그러면서도 너무 힘들 때면 "그래, 원고지 매당 300원을 더 받았지" 하면서 위로를 했지. 국수도 사 먹고 말이야.

그런데 계산을 해보면 고작 몇십만 원 차이인데 그 정도의 예산을 번역가에게 투자하는 것이, 출판사 입장에서 그렇게까지 난감한 일이 되는 걸까? 예산이 아무리 빠듯하다 해도 번역가에게 책정된 금액은 절대 초과가 되면 안 되는 걸까? 그렇게 답답해하면서도 나 또한 몇십만 원 안 받아도 되니까 이런 구차한 과정을 거치고 싶지 않다, 20대나 30대 초반일 어린 편집자가 상사에게 어려운 말을 꺼내게 할 필요 없다고 생각해버리는 거야.

가끔 "선생님의 번역을 너무나 좋아하고, 꼭 같이 작업하고 싶다"는 내용의 메일이 오고, 내 번역료를 말하면 "죄송합니다. 저희 예산으로는 어렵겠습니다"라는 가차 없는 답변이 돌아올 때가 있어. 내 번역을 원하긴 하지만 대가는 지불하지 않겠다는 건가. 번역가가 아니라 일러스트레이터나 작가 같은 창작자였다면 경력과 평판에 따라 차이가 있을까? 실은 번역에 한해서는 우리보다 더 경력이 많거나 유명한 번역가들의 번역료도 큰 차이는 없는 걸로 알고 있거든.

그러면서 눈을 들어 하늘 한 번 보고 한국의 출판계 사정을 넓은 마음으로 이해하기 시작하는 거야. 출판사 편집자들의 연봉 자료를 본 적이 있는데 편집자들 역시 "내 작고 귀여운 연봉"이라면서 자조하더라고.

외주 교정자나 외주 편집자의 사정도 우리보다 더 낫지 않지. 출판계가 어렵다는 말은 단군 이래 늘 나왔던 말이지만, 사람들이 점점 더 책을 읽지 않는 상황에서 내가 번역료를 높게 받고자 하는 것은 개인적인 욕심인가. 모국어 인구가 작은 나라에서 태어난 번역가의 운명인가.

그런데 영어권 번역가의 사정도 딱히 다르지 않은가 봐. 예전 작업실 동료가 영국의 한 번역 워크숍에서 한강의 《채식주의자》를 번역한 데버라 스미스를 직접 만난 적이 있는데, 고급 식당에서 저녁을 먹으면서 "이런 음식 너무 오랜만에 먹어본다. 번역가 수입으로 어렵다"라고 했다는 거야. 데이비드 벨로스의 《번역의 일》이란 책을 보니 실제로 영미권 번역가들의 보수와 인지도가 낮다고 해. 반면 일본의 번역가들은 작가와 동급으로 취급받기도 하고 독일 번역가들은 상당한 수준의 인세를 받고, 프랑스 번역가들도 번역을 본업으로 삼으며 창작을 할 수 있을 정도라고 하네. 한국의 전업 번역가들의 실태는 어떨까? 우리 정도면 자리를 잡은 번역가지만, 지금보다 소득을 조금이라도 늘리려면 혹사를 해야 하고 물리적으로 불가능할 때도 많지.

고연봉 번역가라고 하는 분들을 몇 분 알긴 해. 대

체로 집안일에 대한 부담이 없는 남성 번역가들이고, 한 여성 번역가는 육아와 살림을 완벽하게 하면서 놀라운 속도로 한 달에 한 권을 해내는 초인이었기 때문에, 내가 따라갈 수는 없을 것 같았어.

그렇다면 우리가 번역의 품질을 타협하지 않으면서도 자존감을 갖고 이 일을 지속하기 위해서 어떤 변화나 시도가 있어야 할까. 먼저 나는 소설가나 작가에 대한 지원처럼 번역가에게도 국가적·제도적 지원이 있어야 한다고 생각해왔어. 네가 2020년에 유영번역상을 받았을 때 나도 뛸 듯이 기뻤던 이유는 네가 마땅히 받아야 할 인정을 받아서기도 했지만, 상금이 있기 때문이었어. 현재 한국의 번역상은 유영번역상 외에 한국출판문화상에 번역상과 한국과학기술도서상에 번역상 부문이 있는 걸로 알아. 한국문학번역원의 한국문학번역상은 한국문학을 외국어로 번역한 번역가에게 주는 상이라 우리 같은 번역가에게는 해당이 안 되고. 보다 다양한 번역상으로 더 많은 한국 번역가에게 작으나마 명예와 함께 상금이 돌아가면 좋겠다는 생각을 자주 해.

또한 국가기관인 한국문화예술위원회에서는 아르코문예진흥기금이라는 이름으로 다양한 분야의 창작자에게 지원을 해주는 걸로 알거든. 그래도 토지문학관이나 예술가 레지던시가 얼마 전부터 번역가에게 작업실을 빌려주는 걸 보고 번역가의 위상이 조금은 달라지는 건 아닌가 싶기도 했으니, 번역가를 위한 지원도 가능 여부와 절차가 논의되길 바라고 있어. 《번역과 번역가들》이라는 책을 보면 실제로 네덜란드나 스웨덴, 핀란드의 경우 번역가의 수입이 공적인 문예기금이나 장려금으로 충당되어 그 나라 번역가들은 유럽에서 가장 수입이 좋은 편이라고 해.

예전에 100억이 있으면 뭘 하고 싶은지에 대한 상상이 트위터에 유행한 적이 있는데, 나는 번역상을 하나 만들고 싶다고 생각했더란다. 실용서 분야, 아동서 분야, 프랑스어나 독일어 분야 번역상을 만들어 1년에 100만 원씩이라도 번역가들의 통장에 꽂아주고 싶다는 '세계 혁명'에 버금가는 원대한 꿈을 꾸었다는 거 아니겠니.

한 가지 또 제안해보자면 우리의 자세와 태도도 정비하고 자신감도 끌어올릴 필요가 있다고 생각해. 최근에 동화책이나 일러스트 책이 의뢰가 들어오는데 가끔 원하는 번역료를 물어보더라. 당연히 많이 받고 싶지만 평균 시세나 출판사 예산을 초과하면 안 될 것 같아, 미리부터 걱정하고 얼마나 조심스러워했는지 몰

라. 그래도 내가 받아야 할 번역료를 당당하게 요구했을 때 출판사 측에서 들어준 적도 적지 않았어. 혹은 급히 출간해야 하는 책이라 다른 일정 사이에 끼워 넣어 작업해야 한다거나(일명 급행료), 내가 잘할 수 있을 거라 자신하는 책이라면 번역료를 조금이나마 올려보는 건 어떨까. 최저임금도 올랐는데 말이야.

번역료를 정가제로 하는 것처럼 번역료의 현실화는 힘들겠지만, 우리처럼 일이 끊길 걱정이 덜한 선배들이 후배들을 위해 번역료를 견인할 필요는 있다고 생각해. 몇만 원, 몇십만 원의 문제가 아니라 출판업계 노동자들의 삶의 질 개선, 나아가 인권의 문제라고 하면 너무 거창할까. 100년도 더 전에 여성 노동자들은 빵과 장미를 위해 투쟁했다는데, 우리의 구호는 무엇으로 해야 할까. '사명과 상금', '보람과 인상?' 역시 이 문제에 대해선 너무 할 말이 많아서 중구난방의 편지가 된 것 같다. 그래도 너처럼 잘 들어주는 번역가 친구에게 아무 말이나 늘어놓을 수 있으니 얼마나 다행인지 몰라. 이제 집에 가기 전까지 몇 시간이 남았으니 원서를 펴고 인공지능이 아닌 인간 지능을 발휘해봐야겠다.

2021년 7월 20일

시간에 낡지 않도록

물살을 버티는 단어들

오늘은 내가 20여 년 전에 번역한 책을 다시 번역하게 된 이야기를 할게. 내가 처음으로 번역한 책 세 권은, 사실은 내 이름이 아니라 다른 사람 이름으로 나왔어. 그중 한 권은 절판되었는데, 두 권은 아직까지 살아 있어서 이번에 다시 내 이름으로 개정판을 내기로 했어.

어떻게 그런 일이 있느냐고 놀랄 수도 있지만, 출판사 입장에서는 당시 아무 경력도 없는 내 이름으로 책을 내기가 곤란했을 거야. (한편 "계속 그렇게 남의 이름으로 책을 내면 경력은 언제 생기나?"라는 문제가 있긴 하지.) 그때만 해도 전문 번역가라는 개념이 완전히 자리 잡지 않아, 번역은 주로 교수들이 하는 일이라는 인식이 있던 것 같아. 그때 내가 번역한 책 세 권도 나는 누군지 모르는 교수들의 이름으로 나왔지.

아무튼 오늘 하려고 한 이야기는 20여 년이라는 시

간 동안 얼마나 많은 것이 달라졌나 하는 이야기야. 일단 20여 년 만에 펼친 원고의 품질이……. 내 이름으로 안 나온 게 얼마나 다행인지! 아직까지 절판도 안 되고 계속 나오고 있으니 나의 살아 있는 흑역사가 되었을 것 아니니. 가슴을 쓸어내렸다. 그때 내 이름을 감추어준 출판사에 고마운 마음마저 들더라. 다른 사람도 아닌 '과거의 나'가 어떻게 이렇게도 번역을 못할 수 있는지 충격이었다(경험도 없고 인터넷도 없던 탓이라고 자위해본다). 그래도 그때에 비해 확연히 발전했다는 게 다행이라고 해야 할까. 어쨌거나 못했든 잘했든 내가 한 것이긴 해도 다른 사람 이름으로 나왔으니, 표절 번역이 안 되려면 어차피 다 고쳐야 해서 그냥 싹 재번역을 했어.

그런데 또 한 가지 재미있던 것은, 원고가 '올드하게' 느껴졌다는 거야. 20대의 어린 내가 쓰는 언어가 40대인 지금 내 눈에 나이 들게 느껴진다니 뭐가 거꾸로 되었잖아? 내가 교수님에 빙의해서 어른스러운 문체를 구사한 것도 아닐 텐데. 우리는 연속적 시간 속에 사니까 의식하지 못하지만, 20여 년 사이에 언어가 많이 바뀐 게 틀림없나 봐. 텔레비전에서 20여 년 전 방송 화면을 보여줄 때 그때 사람들이 쓰는 말투를 들어봐도 요즘 말투하고 미묘하게 다르더라. 20여 년 전에 우리가 책에서 읽던 문체나 표현이 지금 우리가 쓰는 것보다 더 딱딱했을지도 모르겠다. 그래서 내 예전 글투가 지금 보기에 더 나이 많은 사람 글투로 읽히는 것 같기도 해. 무엇보다 내가 쓴 단어들 중에 요새는 거의 안 쓰는 단어들도 있었어. '전자오락' '보모' '슈퍼' 같은 말들. '포도주'와 '와인'처럼 번역어로 지칭하다가 이제는 외래어가 더 널리 쓰이게 된 말도 있고.

20여 년 전까지 가지 않더라도, 언어는 생각보다 빨리 바뀌는 듯해. 한번은 내가 출판사에 넘긴 소설 원고가 출판사 사정으로 출간이 미뤄져서 5년도 더 지난 다음에 출간된 일이 있어. 그 소설에 직역을 하면 "네일숍에 갔다"가 될 구절이 있는데, 번역할 당시만 해도 '네일숍'은 미국 영화에서나 볼 수 있었지 우리 주위에는 그런 게 없었거든. 그래서 네일숍이라는 낯선 외국어 대신 "손톱 손질을 받으러 갔다"든가 그렇게 풀어서 옮겼을 거야. 그런데 원고를 보낸 지 5년이 흐르고 출간 직전 최종으로 역자 교정을 할 때는 네일숍이 한국에 아주 흔한 게 되어서 그 단어를 쓰지 못할 이유가 없었어(5년이 지나면서 이 소설이 얼마나 낡아버렸을지에 대해서는 생각하지 않기로 했다).

특히 시쳇말들은 바뀌는 속도가 너무 빨라서 더 쓰

기 어렵더라. 번역을 마치고 난 뒤에 책으로 나오기까지 1년에서 2년이 걸리는 건 보통이고 출간된 다음에도 수명이 짧게는 4년에서 5년, 길면 수십 년까지 가는 책에 유행하는 속어를 적절하게 쓰기란 불가능할 것 같아. 찰나에 힙하고 한없이 구려질 위험이 있지. (지금 이 문장을 쓰면서도 이 문장이 급속도로 나이를 먹는 걸 느낄 수 있다.)

몇 해 전에 어떤 청소년 소설을 번역할 때 이런 일이 있었어. 10대 남자아이가 서술자인데 비속어를 섞어 쓰고 특히 'rad(끝내준다)'라는 말을 곧잘 써. 'rad'가 '아주 좋다'라는 뜻으로 〈옥스퍼드 잉글리시 딕셔너리Oxford English Dictionary Second Edition on CD-ROM(V.4.0)〉에 기록된 첫 번째 용례가 1982년 《매클린스Maclean's》라는 캐나다 잡지에 나온 문장이더라. 《매클린스》의 20대 편집자가 10대 청소년들을 인터뷰하며 요새는 뭐가 '쿨cool'하냐고 물었는데, 아이들이 뜨악한 표정을 짓더니 요새는 그런 걸 'rad'라고 부른다는 거야. 신조어는 신조어인데 이 소설이 나온 2009년에는 'rad'한 표현은 아니었겠지만, 그래도 어쨌든 작가가 나름 10대 청소년들이 할 법한 산뜻한 말이라고 썼으니 나도 그에 걸맞게 옮겨야겠다고 생각했어. 그래서 우리 집에 거주하는 10대 청소년한테 이렇게 물어봤지.

"엄마 어릴 때는 '캡빵이다', '캡숑이다', '캡이다', '대빵이다'라고 했고 한때는 '짱이다'라고도 한 말에 해당하는 요즘 단어는 뭐야?"

"요새는 '쩐다'라고 하는데."

그래서 '쩐다'를 원고에 넣었고 속으로 조금 걱정했지만 편집자님에게도 지지를 받았어. 편집자님이 "마치 남자주인공에 빙의하신 듯해요"라고 칭찬해줘서 어깨가 으쓱했지. 그런데 문제는 이번에도 번역을 마치고 책이 나오기까지 어느덧 1년 가까운 시간이 흘렀다는 거야. 마침내 출간된 책을 자랑스럽게 큰애에게 보여주었는데, 문제의 단어를 보았을 때 큰애의 경악스러운 표정이란.

"요새 '쩐다'라는 말을 쓰는 사람이 어딨어?"

"그럼 뭐라고 하는데?"

"지린다?"

요즘에는 '지린다'라고 해도 고인류 취급받기 십상인 것 같으니 조심하자. 나는 젊은이들의 말을 어설프게 따라했다가 집에서 하도 놀림을 받아서 이제는 자제하려고 해. 내가 약간 지난 시대에 쓰던 '안습' 따위 말을 입에 올리면 큰애가 화들짝 놀라면서 그런 말을 입에 담고도 정상적인 사회생활이 가능하냐는 듯한 눈빛으로 쳐다봐.

내 경력이 쌓여가면서 번역 실력은 조금씩 늘겠지만, 언어 감각이 나이 드는 건 어쩔 수 없을 거라고 생각해. SNS에서 오가는 글을 읽고, 아이들이 하는 말을 유심히 들으면서 언어 감각을 업데이트하려고 하는데, 내가 어릴 때 쓰던 옛날 단어에 향수와 애착이 솟는 건 어쩔 수 없는 것 같다.

지난주에 번역을 마감한 소설은 르네상스 시대의 영국을 배경으로 한 매기 오패럴의 역사소설이었어. 2020년에 나온 책이지만 예스럽게 번역하고 싶더라고. 내가 가장 좋아하는 번역 가운데 하나인 이세욱 번역가의 《프라하의 묘지》에는 미칠 수 없겠지만, 그래도 현대 소설처럼 읽히고 싶지는 않았거든. 《프라하의 묘지》는 앞부분에 번역가가 쓴 일러두기가 있어.

> 여기 이 소설은 이탈리아의 대문호 움베르토 에코 선생의 《프라하의 묘지》라 하는 세계적 화제작을 이탈리아어에서 우리말로 옮긴 것이라. 움베르토 에코 선생이 깊은 뜻을 담아 짐짓 예스러운 필치로 이야기를 엮어 나가는지라 번역가도 그런 문체를 따랐으되, 처음에는 조금 낯선 듯해도 이내 그 색다른 글맛을 즐기게 되시리라.

책 전체가 이런 문체로 쓰였어. 에코가 19세기 이탈리아 신문 연재소설의 문체를 재현해서 글을 썼기 때문에 이세욱 번역가는 그걸 한국의 1910년대 번안 소설의 문체로 옮겼다는 거야. 정말 입이 떡 벌어질 수밖에 없는 장인의 번역이었다.

나는 옛날 문체를 그럴듯하게 구사할 재주가 없고, 내가 번역한 소설의 저자인 매기 오패럴도 특별히 예스러운 문체를 구사한 것은 아니지만, 그래도 어휘나 분위기에서 풍기는 고풍스러운 느낌을 살리고 싶었어. 그래서 평소에 내가 쓰는 것보다 한자어를 더 많이 넣고, 옛날식 단어와 어미를 쓰고, 외래어는 될 수 있는 대로 쓰지 않으려고 했지. '리넨' 대신 '아마포', '구울ghoul' 대신 '식시귀食屍鬼', '타임thyme' 대신 '백리향', '생리대' 대신 '개짐'이라고 쓰는 식으로. 다른 책을 번역할 때라면 "이런 단어 쓰면 너무 나이 들어 보이지 않을까" 하는 자의식 때문에 쓰기 망설여질 케케묵은 추억의 단어들을 마음껏 쓰니까 좋더라고.

그러고 보니 번역과 시간의 관계가 참 미묘하지? 언어는 계속 변하는데, 책은 일단 만들어서 언어의 바다에 띄워 보내고 나면 몇 년, 몇십 년 동안 변하지 않은 채로 물살을 버텨야 하니까. 트렌디한 책은 트렌디하게 옮겨야겠지만, 책의 시간이 길기 때문에 너무 최첨단 유행을 좇으면 금세 하릴없이 구식이 되어버리지. 고전도 시대에 맞게 계속 새로이 번역되어야 한다고도 하지만, 때로는 고전을 정말 고전의 느낌으로 읽게 해주는 옛날 번역이 좋을 때도 있잖아.

그런데다가 과거의 언어가 단순히 다르기만 한 게 아니라 낡은 생각을 담고 있을 때는 문제가 더 복잡해지지. 오패럴의 소설에도 'maidenhead'라는 단어가 나와서 고민했다. '처녀막'이나 '처녀성'을 뜻하는 단어인데, 소설의 배경인 시대에서는 중요한 개념이겠지만 내 책에 이런 단어를 쓰고 싶지는 않았거든. 그런데 며칠 전에 국립국어원이 표준국어대사전에 처녀막 대신 '질 입구 주름'이라는 단어를 표준어로 등록했다는 뉴스를 봤어. 시대의 변화를 반영해 성차별적 단어를 뒷전으로 밀어냈다는 반가운 소식이었네. 하지만 그렇다고 해서 내가 고민하던 책 속의 문장을 "만약에 이 자들이 저희들 누나의 질 입구 주름을 앗아간 것에 복수하려 들면 어쩌지?"라고 번역할 수는 없는 일이지만.

2021년 8월 1일

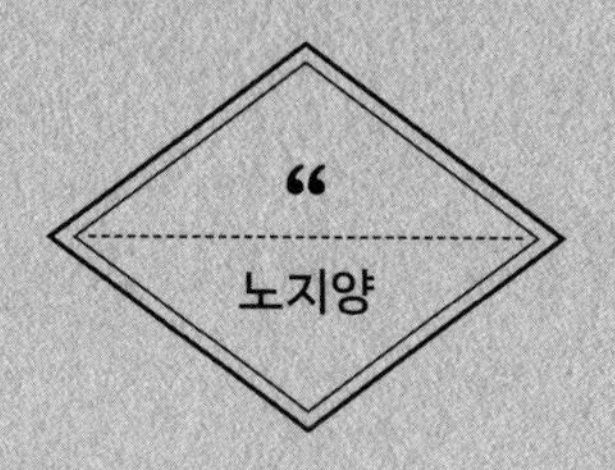

‘요즘 애들’

말투 배우기

그동안 도쿄 올림픽에 열광하고 가족 생일과 휴가를 챙겨주느라 2주가 어떻게 간 지도 모르겠어. 한 가지 아는 건 그러는 사이 일은 밀릴 대로 밀려버렸다는 거지. 휴가나 명절이나 연말에 일을 손에서 놓고 지내기도 하지만 머리 한구석은 계속 돌아가고 있어. 편집자에게 마감 미루기 메일의 문구를 고민하는 거지. 이번에는 어떤 버전으로 해볼까. 책이 생각보다 어렵고 분량이 많아서 어쩔 수 없었으니 연장해달라고 건조하게 말해볼까. 아니면 사정을 해볼까. 애교를 떨어볼까. 한 번역가 친구는 바짝 엎드려서 "용서해주십시오", "죽여주십시오" 하면서 읍소 전략을 쓴다더라.

나의 작은 꿈 중에 하나가 스탠드업 코미디언이 되어보는 거였는데 딱 한 번 스탠드업 코미디를 해본 적이 있어. 동네 서점 송년회에서였지. 오며 가며 혼자 연습을 꽤나 많이 했는데 막상 편지를 쓰려니 그때 무슨 말을 했는지 자세히 기억이 안 나네. 이런 말을 하긴 했어. 처음에 사뭇 진지한 얼굴로, 번역가가 단어 하나를 놓고 얼마나 고민에 고민을 거듭하는 줄 아느냐며 전문 직업인다운 포즈를 잡다가, 원서에서 생소한 표현이 나와서 그 분야에서 유명한 분에게 자문을 구했다고 했지. 일명 '욕 번역의 대가'라는 분에게 말이야. "저 씹새, 엉덩이를 발라버려." 사람들이 웃어주어서 기뻤어. ('질입구 주름'도 탐나는 소재구나.)

실은 나는 소설을 많이 번역하지 않아서인지 욕을 번역할 기회(?)는 많이 없었어. 《스틸 미싱》이라는 스릴러소설에서 주인공이 자신의 인생을 망친 납치범이자 강간범을 죽이면서 욕을 내뱉는 장면이 있는데, 나도 온갖 '새끼'와 '자식'을 동원해서 마음에서 우러난 욕을 해주었지. 속이 조금은 풀리더라.

그러다가 난감한 욕 번역의 세계에서 허우적거린 적이 한 번 있는데 제시카 발렌티의 《처음 만나는 페미니즘》을 번역할 때였어. 번역서 제목은 이렇듯 얌전하고 고상하지만 원제는 'Full Frontal Feminism'이니 전면 누드Full Frontal라는 뜻이 들어가 있고, 저자가 원래 자기 말투대로 하고 싶었지만 글이라서 많이 누그러뜨렸다고 하는데도, 몇 쪽마다 하나씩 'fucking', 'shit', 'fucked up' 등이 나오는 거야. 지금 생각하면 편집자와 상의해서 삭제하거나 순화해야 했는데 나는 고지식하게(?) 일단 욕이 나오면 빼놓지 않고 번역을 해봤어. 그러다 보니 늘 같은 욕을 쓸 수도 없고 아는 욕이 바닥나더라. 그래서 포스트잇에 번역서의 무난한 단골 욕설이자 중년 남자 형사들의 추임새 같은 '제기랄', '빌어먹을'부터 조금 센 '염병할', '존나', '썅' 이런 단어들을 적어놓고 하나씩 번갈아가면서 넣었다.

지금 편집자에게 보낸 나의 원 번역을 찾아보니 '빌어먹을'이 열세 번, '망할'이 아홉 번, '젠장(젠장할)'이 여덟 번, '제기랄'이 두 번, '존나'가 두 번, '개짜증'이 한 번이 나오는구나. '빌어먹을'과 '젠장'은 몇 개 살아남았고 '존나'는 '완전'으로, '염병할 문제'는 '골치 아픈 문제'로 편집자가 알아서 바꾸어놓았더라고. 아무래도 병명인 '염병'은 쓰지 않는 게 좋을 것 같긴 해. 지금 생각해보니 소설도 아니고 에세이기 때문에 말투나 단어만으로도 문체를 전달할 수 있었는데, 너무 욕 하나 하나에 신경을 썼나 봐. 거친 표현도 한두 번 나와야 효과가 있지, 반복되면 식상하고 과하게 느껴지잖아.

그래도 제시카 베넷의 《페미니스트 파이트 클럽》

이란 책에서 과거에 여성들이 커피를 잘 타지 못해 이혼당했다거나 회사에서 해고당했다는 '카페인 가부장제' 이야기가 나오는데, 결론이 이렇게 되거든. "Make your own damn coffee." 이건 다음처럼 번역했는데 살려주셨네. "네 망할 커피는 네가 타세요." 또 "There is lot of shit"은 "이 세상에는 '좆'같은 일이 너무 많다"라고 따옴표를 붙여 나왔구나.

욕도 욕인데 나는 '너드nerd'와 '불리bully'가 나오면 참 그때마다 멈칫하고 사전이나 인터넷을 또다시 뒤져봐. 영미권 청소년 소설을 여러 권 번역한 너는 이 단어를 자주 만났을 텐데 어떻게 번역했는지 궁금하다. 요즘에는 '너드'라고 하면 젊은 층에서는 알아듣겠지만 그래도 아직은 너드라고 쓰기보단 친절하게 풀어주어야 할 것 같잖아. '모범생'이나 '괴짜'라고 하기엔 부족하고 꼭 '범생이'가 아닐 때도 있고 '덕후(오타쿠)'의 느낌이 있는데 과연 번역서에 덕후를 써야 하나 싶고 말이지. 이 너드는 〈빅뱅 이론〉*의 캐릭터들, 실리콘밸리

* CBS에서 2007년부터 2019년까지 열두 시즌이 방영된 시트콤으로 캘리포니아 패서디나에 사는 괴짜 과학도들과 앞집에 사는 여성 패니 사이의 좌충우돌을 그렸다.

개발자나 고등학교 문예반 학생까지 아우르며 다양하게 쓰이니까 그때마다 다르게 번역해야 하려나.

'불리'는 동사로는 왕따시키고 괴롭힌다는 느낌이 있긴 한데 딱 맞는 명사가 없었잖아. 그래도 근래엔 '깡패'라는 약간 노후된 단어 대신에 '일진'이라는, 누구나 이해하는 보다 적합한 단어가 있으니 번역가 입장에서는 다행이라고 해야 하나. 2020년에 번역한 어린이를 위한 인권 책 《파워북》을 다시 찾아보니 내가 원문 옆에 "왕따 혹은 불링bullying이라고 한다"고 쓰고, 그 다음부터는 원문 없이 '불링'이라고만 썼네. 이렇게 불링이라는 단어도 '사이버 불링'처럼 우리 언어생활 속에 들어와버린 걸까. 사실 우리 일상에서 점차 쓸 일이 적어지거나 사라졌으면 하는 표현이다.

나도 너처럼 청소년 소설을 번역하면서 말투를 어떻게 살려야 할지 고민한 적이 있어. 2017년 초에 한국에 출간된 니콜라 윤의 소설 《에브리씽 에브리씽》의 주인공은 고등학생 남녀인데 이 둘이 만나서 대화할 때는 원문대로 해도 큰 문제가 없었는데, 채팅할 때는 고민이 되더라. 그래서 나름대로 "빵 터졌음", "식겁했어", "뻑 간다" 이런 말을 넣긴 했는데, 지금 보니 약간 촌스러운 느낌이 들기도 하네. 네 말대로 유행어의 생존 여부를 예측할 수 없으니 표준어를 쓰는 게 나을까. 하지만 가끔은 유행어를 적극 활용해야 할 때도 있는 걸.

최근에 초등학생 고학년용 일러스트 책을 번역했는데 저자가 부모님 때문에 창피했던 에피소드를 소개하면서 가장 먼저 나온 게, 너도 가끔 놀림을 받았다고 하는 이 상황이었어. "우리 엄마 아빠는 내 친구들 앞에서 젊은 척cool해." (그나저나 '쿨'도 너무 번역하기 어려운 단어지만 이 문장에서의 맥락은 유행어를 쓰는 거야.) 또 아빠가 놀러온 아이의 친구한테 말해. "You want to chow down on one of these hot dog?" 'chow down'이 "게걸스럽게 먹는다"는 젊은이들 용어고 아빠는 유행어를 어색하게 써야만 해. 그래서 '존맛탱' '존맛' 이런 단어들을 끄적거려봤다가 아무래도 책에 넣기엔 껄끄러워서 "이 신상 핫도그 먹방할래?"라고 해봤어. 아이 친구가 채식주의자라고 하니까 아빠는 "This is so woke of you"라고 하는데 'woke'란 'wake'의 과거형으로 "정치적으로 올바른, 깨어 있는"이라는 뜻의 신조어래. 일단 "대세인 비건이구나"라고 번역을 해서 넘기긴 했는데 썩 마음에 들진 않아.

그러고 보니 우리 집에도 만 17세 청소년이 있는데 자문을 구할 걸 그랬나. 그런데 가끔 우리 딸이 친구랑

통화하는 걸 들어보면 '인성'과 "개빡쳤다"가 대화의 반 이상을 차지하더라. 카카오톡이나 인스타그램 디엠을 보여달라고 할 수는 없으니 오늘도 SNS를 들여다보면서 '요즘 애들' 말투를 배운다. 그리고 SNS가 번역가들에게는 인생의 낭비만은 아니라고 주장해본다.

2021년 8월 10일

세상에

없을 것 같은 말

네 꿈이 스탠드업 코미디언이라니. 정말 뜻밖이기도 하고 생각만 해도 재미있어서 많이 웃었다. 내 꿈은 '드러누운 몽상가'니까 너랑 포지션으로는 정반대구나. 네가 말한 욕 번역의 대가가 조영학 번역가 아니니? 정말 조영학 번역가처럼 욕을 잘하기도 쉬운 일은 아니더라고. 특히 소수자를 비하하지 않는 산뜻하고(?) 찰진 욕을 하기는 얼마나 어려운 일인지. 전에 누아르 장르의 소설을 읽다가 기분이 매우 나빠졌던 일이 기억나. 누아르 장르가 거친 사내들의 세계를 중심으로 하다 보니 여성을 대상화·물신화하는 게 기본이긴 하지만, 이 책은 그 중에서도 특히 여성혐오의 교과서 같은 책이더라고. '창녀'라는 말이 어찌나 많이 나오는지 여성 인물들은 대부분 창녀 아니면 '창녀 같은 여자'로 묘사돼. 'whore'라는 단어 자체에 비하의 뜻이 있으니 역어로 창녀를 택한 것이 번역가로서도 어쩔 수 없는 선택일지 모르겠다 싶긴 했다. 그런데 '레즈 짓'이라는 표현이 나오는 대목에서는 고개를 갸웃했어. 이 책에는 동성애자를 혐오하는 인물들도 여럿 나오긴 하지만 굳이 그런 불편한 표현을 써야만 했는지 납득이 안 되더라. 책 뒤쪽에 옮긴이의 말이 있길래 '비하적인 표현을 쓸 수밖에 없던 까닭에 대한 해명이 있지 않을까' 하고 읽어 봤어. 그런데 이런 충격적인 글을 읽게 되었네.

> 이 소설은 그 시대의 지저분하고 타락한 인물들을 아주 다양하게 창조하고 있다…[부패한 남자들과 창녀들과 창녀 같은 여자들 기타 등등 그리고] 기타 변태성욕자, 레즈비언, 유아 강간범, 호모 섹슈얼 등이 이 책에 등장한다.

이런 문장이 편집자를 거치고도 그대로 통과되어서 책에 실렸다고? (2006년에 출간된 책이니 야만적이던 지난 세기의 무지함 탓이라고 생각할 수도 없는 일이야.) 현대의 번역가가 이런 낡은 관념으로 번역에 임해도 문제가 없을 수 있나? 그런데 이렇듯 거칠고 더러운 말이 가득한 책인데도 'X발' 등의 쌍욕은 하나도 안 나오더라. 그 까닭도 옮긴이의 글에 나와 있어.

작품 속의 수많은 속어와 비어는 가능한 한 정확하게 살리려고 노력했으나, 일부 비속어는 마땅한 역어가 없어 원문보다 순화된 경우도 있음을 밝힌다.

나는 순화된 느낌은 못 받았지만.

내가 왜 이렇게 쌍욕에 관심을 갖냐면, 얼마 전에 번역한 소설에 에프워드f-word*가 앞에서 언급한 험악한 누아르소설을 능가할 정도로 촘촘하게 박혀 있었기 때문이야. 이 소설은 서술자가 20대 후반 여성인데, 대화문에만 f-word가 있는 게 아니라 묘사에도 구석구석 박혀 있어(지금 세어보았는데 전체 238쪽에서 121번이니까 평균 두 쪽에 한 번 꼴로 나오는구나). 서술자가 어려운 환경에서 고군분투하는 인물이라 거친 말이 입에 붙었지. 그렇다고 암울한 소설은 아니고 코믹한 필치라 그 단어가 주는 느낌은 전혀 다르더라. 서술자가 거침없이 f-word를 섞어가며 묘사를 할 때 김연경 선수가 '식빵'을 외칠 때처럼 통쾌하기도 하더라고. 그런 한편 서술자 말고 다른 중심인물도 여자인데, 이 인물은 엄청난 부잣집에서 태어나 무려 미국 상원의원의 아내가 되었

* 영어의 fuck 등 욕설을 일컫는 단어들.

어. 그런데 평소에는 우아함의 표본인 이 사람도 옛 친구인 서술자 앞에서는 f-word를 스스럼없이 써. 그러니까 이 소설에서는 f-word가 인물의 성격이나 개성을 드러내려고 쓰이기도 하고 거친 말이 주는 반전의 쾌감 같은 것도 있어서 '제기랄', '젠장' 따위 번역용 욕으로 순화시킬 수는 없겠다는 생각이 들었어. 특히 서술자가 하는 욕은 누군가를 깎아내리고 기를 죽이기 위해서 하는 욕이라기보다는, 쉽게 무시되고 없는 존재로 치부되는 자신을 내세우기 위해 지르는 비명처럼 들릴 때가 있거든.

그 소설을 번역할 때 친구를 만나서 이런 이야기를 했더니 자기가 요새 〈사이버펑크 2077〉이라는 게임을 하는데 한국어 성우의 더빙을 들어보면 이 사람은 욕 좀 아는 사람, 이 사람은 욕 처음 해본 사람 딱 티가 난다고, 욕 어설프게 하면 진짜 우스꽝스럽다며 겁을 주더라고. 그래서 조금 걱정이 되었지만 우리 집에 욕 언어의 네이티브 스피커라고 할 수 있는 남자 청소년이 두 명이나 있으니까, 자문을 얻으면 되겠다고 생각하면서 용기를 냈어. 평소에는 작은애가 방에서 친구들이랑 디스코드*로 온갖 욕설을 나누면서 온라인 게임을 하면 나는 "귀가 썩는 거 같아 제발 문 닫고 해" 하고 작은애는 "문

닫으면 와이파이 안 돼" 하면서 실랑이를 하거든.

하지만 이제부터는 욕 언어 환경을 조성해서 나의 욕 실력을 향상시켜야 하니까, 내가 오히려 애들을 쫓아다니면서 "욕 좀 해봐" 하고 부추기고 귀가 썩거나 말거나 열심히 들었어. 학습 결과를 토대로 f-word를 문맥에 따라 'X발'과 'X나' 'X같다' 등으로 번역하면 적절하겠다고 결론을 내렸지. 번역을 하면서 큰애한테 틈틈이 자문을 구했는데 그러면 큰애가 문장 내에서 욕의 적절한 위치를 찾아줬어. "그런데 v 나는 v 아이들에 대해서는 v 아무것도 v 몰랐다." 이 네 v 위치 중에서 'X발'이 들어가기에 가장 적절한 위치를 짚어줬지. 나는 네이티브 스피커가 아니라서 잘 모르겠더라고. 나름 애는 썼으나 부족함이 많겠지.

네가 이야기한 대로 너드 같은 단어들도 젊은이들은 감으로 알 것 같은데 번역하려면 딱 맞는 말을 찾기가 힘들더라. 전에 번역한 청소년 소설에서는 너드와 '긱geek'이 서로 뚜렷이 구분되는 범주로 나왔어. 나는 어감 차이를 잘 모르겠는데 긱이라고 묘사되는 아이가 다른 아이를 가리키며 "걘 너드야"라고 칭찬하더라고.

* 음성 채팅을 지원하는 메신저.

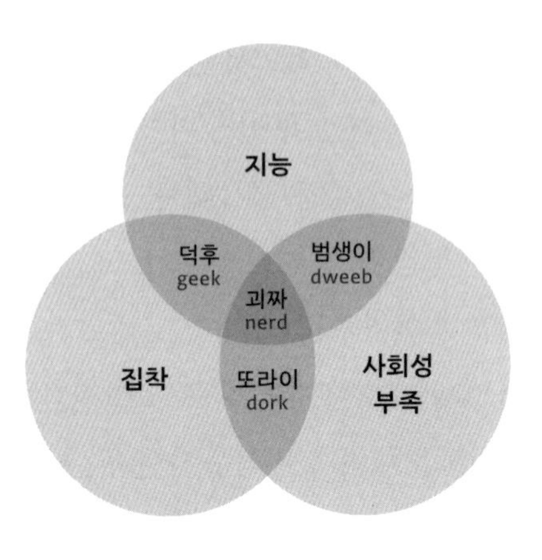

그래서 하는 수없이 석연찮지만 그냥 영어로 음차해서 쓰고 사전적 정의를 역자주로 달았어.

인터넷에 긱과 너드를 구분해 설명하는 벤다이어그램이 떠돌아다니는 걸로 보아서 영어 사용자들도 헷갈리는지도 모르겠다. 그래서 나도 그 벤다이어그램을 이용해서 잠정적 역어를 제안해보려고 이런 걸 만들었어.

이 그림이 널리 공유되어 이 역어가 무얼 가리키는지 누구나 헷갈리지 않게 이해하고 알아들을 수 있는 날은… 아마 오지 않겠지. 어쨌든 어떤 종류의 글이라도 당황하지 않고 번역할 수 있으려면 '상처 주지 않는 신랄한 말', '불쾌감을 주지 않는 더러운 말', '트렌디하면서 생명력 있는 말' 등 세상에 없을 것 같은 말들을 계속 찾아다녀야 할 듯싶다.

2021년 8월 14일

네 글자의

명쾌함

월요일에 요가를 하고 집 청소를 한 다음 작업실에 왔는데, 잠이 폭포수처럼 쏟아지는 거야. 눈꺼풀이 천근만근 무겁고 컴퓨터 화면의 글씨가 두세 개로 보이기 시작하더니 고개가 툭하고 떨어질 기세였어. 10초 정도 고민하다 용단을 내렸지. 집에 가서 한숨 자고 와야겠다. 그런데 집에 오니 거짓말처럼 잠이 안 오더라? 그래서 누워서 넷플릭스에서 보다 만 영화를 보면서 남은 오후를 보내기로 했어. 한마디로 월요일부터 '폭망'했단 이야기지.

사실 나는 넷플릭스에서 영화보다는 다큐멘터리를 찾아보는 편인데 얼마 전에 본 〈그날, 패러다이스〉란 다큐멘터리는 캘리포니아 산불로 한 마을이 사라져버린 사건을 다루고 있어. 이전에 보지 못했던 크고 파괴적인 산불이 연달아 일어나니까 소방관이 아내에게 "이건 내가 경험한 화재 중에 가장 심각한, 'unprece-dented'한 산불이야"라고 말했고, 자막은 "전대미문의 산불이야"로 나오더라. 여성운동과 미투에 관한 내용을 자주 번역해서 그런지, 아니 꼭 그렇지 않더라도 외서에서 미국인들 언어에 'unprecedented'란 단어가 참 자주 나온 것 같아. 보통 '이례적인', '전례가 없는' 등으로 번역을 하는데 '전대미문'이란 단어도 가끔 써주면 좋겠다 싶더라고. 다큐멘터리에서는 남편과 아내의 대화여서 전대미문을 일상용어로 쓰는 것이 과연 자연스러운지 약간 의문이긴 했지만 일부러 강조하려고 바꾸지 않았을 수도 있다는 생각이 들더라.

그 계기로 번역할 때 사자성어와 속담을 번역가인 우리가 얼마나 활용하느냐에 대해 쓰고 싶다는 욕구가 생겼어. 내 번역서들을 다 찾아보긴 어렵겠지만 꽤 많이 등장했을 테고, 아마 다른 번역가들도 번역하다가 사자성어에 고마워하게 되는 순간들이 적지 않았겠지? 때로는 긴 문장이 네 글자로 간단히 정리되고, 하나 넣어주는 순간 문장도 자연스러워 보이는데다가, 대부분의 한국 독자들은 더 직관적으로 이해할 수 있잖아.

오래전 학생 때 배웠던, 영어 속담과 동일한 의미의 사자성어는 바로 몇 개가 떠오르네. 이를테면 'Put

yourself in my shoes'와 '타산지석', 'Birds of a feather flock together'와 '유유상종' 같은 것들 말이야. 'A blessing in disguise'는 '새옹지마', '전화위복'의 뜻이기도 하지만 '변장한 축복' 이렇게 직역해서도 많이 쓰네. 이건 번역어가 우리 언어로 들어온 예이기도 한가 봐.

《나쁜 페미니스트》에서는 악의적인 임신중지 법안을 통과시키는 정치가들의 책략을 'bait and switch'라고 해. '유인 판매', '미끼 상술'이라는 뜻이지만 나는 "우리는 조삼모사에 속았을지도 모른다"라고 했더라. 또 재미있는 부분을 발견했어. 아마 나뿐만 아니라 거의 대부분의 번역가가 이렇게 번역했을 것 같은데, 픽업 아티스트라는 사람이 이렇게 말했대. "열 번 찍어 안 넘어가는 나무는 없다." 현대의 관점에서는 비판받기도 하는, 여성의 의사를 무시한 남성의 일방적인 구애를 묘사할 때 가장 흔하게 쓰이는 표현이잖아. 원문을 찾아보니 "Persistence is a virtue"더라고. "인내가 미덕이다"라고 직역하면 어땠을지 별로 상상하고 싶지가 않군. 그렇게 번역한 번역가도 없겠지만.

또 원문에서는 "날짜를 세면서 기다렸다I started counting down to the movies well before opening day"인데 "오매불망 영화 개봉만을 기다렸다"라거나 "Perhaps the most unlikable woman in recent fiction history"를 "명실공히 가장 진저리 칠 정도로 싫은 여자 주인공"이라고 하면서 최상급을 '명실공히'로 강조하기도 했네.

또 뭔가 쓸 만한 예가 있나 싶어 몇 장 넘겨보다가 사자성어나 속담은 아니지만 한국식 숙어나 관용구를 몇 개 더 찾았어. '시청률 효자 노릇'이 있어서 원문을 보니 성폭행 장면이나 사건이 나오면 시청률이 높다는 뜻의 "Rape is good for rating"이더라고. '시청률 상승 효과'라고 해도 별 무리는 없겠지만 시청률 효자 노릇이라고 하면서 약간 더 비꼬는 느낌이 더 들어간 것 같아 만족해. 또 "내가 촉각을 세우는 분야였다"의 원문은 "This topic matters to me"더라.

세라 요게브의 《행복한 은퇴》 초반에 "어느 날부터 이들 위에 서서히 먹구름이 드리우기 시작했다"의 원문은 "Then an ill wind began to blow"였어. 역시 많은 번역가가 '불길한 바람'보다는 '먹구름'을 떠올렸을 거야.

그러다가 예전에 번역 수업을 할 때 수강생들에게 자연스러운 한국어 구어나 숙어를 가능한 많이 넣어보라고 하면서 예문을 든 것이 생각나서, 그때 준비한 자료를 찾아보았어. 내 번역만 텍스트로 삼기엔 한계가 느껴지고 평소 좋아하던 번역가의 번역, 또 번역이 훌륭하다고 느낀 책의 번역과 원문이 궁금했거든. 아마존에서 앞부분의 몇 장은 볼 수 있으니 번역서와 원문을 비교해봤어.

김지현 번역가가 번역한 멀리사 브로더의 《오늘 너무 슬픔》을 보니 "feel shitty"는 "기분 잡치다", 'lost'는 "벙쪘다"라고 했고, "wreck about being alive"는 "살아 있으려니 죽을 맛이었다"라고 번역했더라. 찰떡이지.

또 엄일녀 번역가가 번역한 개브리얼 제빈의 《비바 제인》에서 "I had a vision of my daughter living in her childhood room forever"이란 문장이 나오는데 직역하면 "내 딸이 어린 시절 쓰던 방에서 영원히 사는 모습을 그려보았다"이지만 번역가는 "나는 내 딸이 캥거루처럼 부모 집에 얹혀 사는 모습이 눈에 선했다"라고 했는데 참 재미있는 거야. 원문에는 캥거루가 없지만 이 단어를 넣어주면 어떤 느낌인지 더 확실히 전달되잖아. 역시 번역의 질은 한국어 사용 능력에 비례하는 걸까. 눈치와 센스와 약간의 친절함까지 겸비하면 더 좋고.

네가 번역한 스콧 스토셀의 《나는 불안과 함께 살

아간다》의 앞부분도 찾아봤는데 역시나 감탄하고 말았어. 그 책은 저자의 결혼식 장면부터 시작하잖아. 스콧 스토셀이 긴장해 결혼식장에서 진땀을 흘리는 부분인데 하객 중 누군가 이렇게 말하거든. “His spousal unsuitability?” 이 명사구를 “남편 노릇이나 제대로 할 수 있을까?”로 딱 알맞은 문장으로 풀고, “I knew it”을 “어쩐지 좀 아닌 것 같더라니”라고 한 부분도 번역이 잘 읽히는 데에는 여러 이유가 있다고 생각하게 되더라.

사자성어와 속담 이야기에서 시작해 자연스러운 한국어 관용구를 찾다가 풀어쓰기까지 넘어가는 바람에 번역 수업처럼 되어버리고 말았네! 안 그래도 네가 요즘에 번역 수업을 시작한 걸로 알고 있는데 어때? 나도 수업을 몇 차례 했는데 수업하기 몇 시간 전에 카페에 가서 첨삭하고 있을 때는 긴장되다가도, 열의와 호기심이 넘치는 수강생들을 만나면 내가 아는 모든 경험과 기술을 전수해주고 싶어지더라. 그런데 때로는 골프의 마지막 샷인 퍼팅을 왜 그렇게 잘하느냐는 질문에 대한 박인비 선수의 대답이 떠올라버려. “음… 그때그때 감으로 해요.” (물론 내가 감이 좋다는 말은 절대 아니야.)

지난 편지에서 네가 아들(네이티브 스피커)에게 ‘X

발'이 문장의 어디에 들어가야 하느냐고 조언을 구한다는 부분을 읽으면서 깔깔 웃었어. 번역가 엄마와 10대 아들의 환상의 콜라보! 그리고 네가 알려준 '너드 벤다이어그램'을 보니 너드 개념도 한눈에 이해되더라.

며칠 전에 우리 딸이 제일 좋아하는 과목이 한국지리라면서 요즘 자기 삶의 낙이자 힐링 타임은 한국지리 수업 들으면서 필기하는 거라는 거야. 아이가 잘 구사하는 특유의 무심한 유머 같아서 그냥 웃었지만 속으로 생각했지. "너드 중에 너드, 상 너드로구만."

이번 주는 계속 비가 올 거라고 하네. 여름이 정식으로 작별 인사를 하려는 걸까? 나는 지금 붙잡고 있는 원고와 작별 인사하고 싶은데 영 쉽게 떨어지지 않을 듯해.

2021년 8월 24일

다시 쓸 용기

네가 넷플릭스에서 다큐멘터리를 보면서 대사와 자막을 맞춰본다는 글을 읽고 "얘도 그러는구나" 하고 엄청 반가웠어. 영어 음성에 자막이 있는 영화나 드라마를 볼 때나 영어에서 한국어로 번역된 책을 읽을 때, 내용에 집중하지 못하고 자꾸만 번역의 결과 단어의 쓰임에 눈이 가는 것도 우리의 고질병인지 모르겠다. 나도 번역서를 읽다가 (괜찮은 번역이라면 직역투를 벗어나 원문의 형태가 남지 않게 번역을 했을 테니) 이 문장의 원문은 뭐였을까 궁금해하기도 하고, 특히 눈에 뜨이는 표현, 번역서에서 보기 힘든 단어 등을 만나면 책장을 넘기다 말고 그 자리에 서버려.

몇 달 전에 네가 번역한 지아 톨렌티노의 《트릭 미러》를 읽다가도 그런 일이 있었어. "벨벳처럼 그윽하다"

라는 표현이 있더라고. 콜로케이션*에서 벗어난 신선한 비유인데 그 자리에 적절히 어울리고 아름답더라. 이런 대담한 공감각적 이미지는 누구의 소행일까? 저자일까 번역가일까 궁금했어. 원문이 짐작도 가지 않는 것을 보면 번역가가 범인일 것 같지만, 만약 저자가 의외의 이미지를 썼다고 하더라도 그걸 아름답게 어긋난 상태로 남기려면 번역가가 용기를 발휘해야 했겠지. 《트릭 미러》를 무척 재미있게 읽고 있었는데 "벨벳처럼 그윽하다"를 발견한 순간 다른 건 다 잊고 거기에 넋이 팔려버렸네.

김정아 번역가의 《마음의 발걸음》을 읽을 때도 비슷한 일이 있었어.

> 니체에 따르면, 진리란 은유라는 사실을 망각당한 은유다.
>
> Truth, says Nietzsche, is a metaphor we have forgotten is a metaphor.

* 연어連語라고도 하며 언어 습관에서 자주 어울려 쓰이는 단어의 쌍을 가리킨다. 연어 관계를 따라야 자연스러운 문장이 만들어진다.

와, 이 문장에서 버퍼링이 걸려 헤어 나오질 못했다. '망각당하다'라는 단어는 사전에는 나오지 않지만, 이 과감한 단어 덕분에 '우리'라는 구차하고 무의미한 대명사를 쓰지 않을 수 있고 군더더기 없이 명쾌한 한국어 문장을 만들 수 있던 거잖아. '망각당한'에 한없이 "브라보!"를 외치고 싶었다.

생각해보면 번역을 할 때 그런 게 정말 어려운 것 같아. 최대한 한국어처럼 읽히게 자연스럽게 옮기려하다 보면 담대한 시도는커녕 지나치게 길들여 동글동글 순한 자갈돌들만 남겨버리는 게 아닌가 싶을 때가 있어. 출발어와 도착어가 만날 때 서로 다른 언어 체계와 문화가 충돌하면서 발생하는 충격, 단층, 균열이 그 특별한 만남의 흔적으로 글에 남아 있어야 하지 않냐는 거지. 모난 돌들이 글을 읽는 우리의 살갗에 거슬리고 낯설게 느껴지긴 하겠지만, 가슴에 상처를 내고 언어 감각에 사라지지 않는 압흔을 남길 수 있는 것도 그 모난 돌들일 테니까.

관용구를 번역할 때도 그래서 고민이 되기도 해. 한국어로 풀어 쓰면 쉽기는 하지만, 관용구가 주는 독특한 재미가 사라지고 밋밋해지기도 하고, 때로는 시간이 흐르면서 직역한 영어 관용구가 한국어로 들어와 그대로 쓰이게 되기도 하잖아. '찻잔 속의 태풍storm in a teacup'이라든가 '뜨거운 감자hot potato'라든가 '금수저, 은수저born with a silver spoon in one's mouth'라든가. 그래서 익숙하고 자연스럽게 길들이는 게 좋을지, 원문의 느낌이 더 많이 나도록 낯설게 남겨야 할지 쉽사리 결정할 수가 없더라고. 일단은 관용구를 직역해도 직관적으로 이해할 수 있으면 남기고, '훈제 청어red herring'* 따위처럼 무슨 뜻인지 바로 안 와 닿으면 녹이는 식으로 하고 있어. "He pushed my button"이라고 하면 "그가 내 성질을 건드렸다", "그 사람 때문에 발끈했다" 정도의 뜻이겠지만 관용구가 사라지는 게 아까우면 한국어 관용구 "뚜껑이 열렸다"를 쓸 수도 있겠다. 그런데 요새는 직역해서 "버튼이 눌린다"라는 말을 쓰는 번역가도 꽤 는 것 같아.

얼마 전에는 'just around the corner'라는 관용구가 나왔는데 '가까이에'라는 뜻이지만 '바로 저 모퉁이 너머에 있을지도'라고 직역하니 편집자님이 '알려지기 직전일지도'라고 바꾸셨더라고. 그런데 나는 내 번역도 충분히 직관적이고 구체적 이미지가 있어 오히려 좋다

* 사람의 주의를 딴 데로 돌리는 것.

싫어서, 원래대로 돌려달라고 했지.

관용구 이야기하니까 이윤기 번역가의 번역이 생각난다. 애거사 크리스티의 《열 개의 인디언 인형》을 번역했는데, 내가 본 건 2010년판이지만 1986년에 나온 학원사판이 있는 것으로 보아 1980년대에 한 번역인 것 같아(그러고 보니 《열 개의 인디언 인형》이라는 제목이 인종차별적이라 이제는 《그리고 아무도 없었다》로 나오는데 왜 이 책은 옛날 제목을 고수하는지 모르겠네). 이 책은 길들인 쪽이냐 낯설게 남긴 쪽이냐 하면, 극단적으로 한국화하면서 동시에 낯선 것도 그대로 남긴 경우였어. 책에 '잘코사니'니 '에멜무지로' 같은 처음 보는 순우리말이 많이 나와서 신기했는데, 그런 한편 관용구는 직역을 하고 괄호 안에 뜻풀이를 하는 식으로 번역한 거야. "그의 모자 속에 벌이 한 마리 들어 있어(그는 제정신이 아니야)."** 이런 식으로. 원문의 이질적이고 새뜻한 느낌을 남기면서도 한국어 독자가 이해할 수 있게 하려고 택한 방법이 아니었을까 싶다. 지금 보기에는 좀 부자연스럽게 보이기도 하지만.

사실 나는 "책은 읽혀야 한다" 주의자라서 일단 한

** 원문은 "Got a bee in his bonnet!"

국어로 옮긴 다음 많이 다듬는 편인데, 그러다 보니 잘 읽히는 글을 만든답시고 사포질을 너무 많이 해 밋밋하게 만들어버리는 건 아닌가 하는 고민도 들어. 그런 한편 낯섦을 낯선 그대로 남겨서 한국 독자들이 외국 문화와 언어의 특징을 느낄 수 있게 해야 한다는 주장이, 암묵적으로 문화 권력의 차이를 인정하고 문화의 수혈로 우리를 풍부하게 해야 한다고 말하는 것 같아 거슬리기도 하고.

실제로 한국 문학작품을 번역해서 외국에 소개할 때는 현지화를 훨씬 더 많이 한다고 들었어. 한강의 《채식주의자》를 《The Vegetarian》으로 번역해 맨부커인터내셔널상을 수상한 데버라 스미스도 정확한 번역이나 한국의 문화에는 큰 관심이 없는 듯 자의적인 번역을 했잖아. 누락이나 왜곡도 헤아릴 수 없이 많지만, 쉬운 예를 들자면 닭도리탕, 탕평채 같은 한국 음식의 존재를 거의 지워버렸던데. 우리가 번역하다 이질적인 서양 음식이 나왔을 때 그런 식으로 대충 얼버무릴 수 있을까? 우리는 서양 문화를 때로 역자주를 달아가며 적극적으로 설명하고 소개하고 이해하려 하는데, 왜 우리 문화가 외국으로 나갈 때는 현지인에게 익숙하고 편안한 무엇으로 바뀌는 게 당연한 걸까?

번역하고자 하는 문화를 “흡수하려 하는가, 탐구하려 하는가”의 차이가 아닌가 싶기도 하다. 사실 잘 모르는 낯선 문화를 탐구하고 검색해서 알아내는 데 걸리는 시간이 번역 일에서 시간을 가장 많이 잡아먹는 일이지만, 나는 그걸 생략하고 싶지는 않아.

1930년대에 나온 코넬 울리치의 단편 〈죽음에 대해 말해봐Speak to Me of Death〉에 이런 문장이 있어. “The car had money written all over it, money without flash. The number was so low it was almost zero.” 이 부분 번역할 때 두 번째 문장이 무슨 뜻인지 한참 끙끙거린 일이 기억나. 첫 문장은 “요란하지는 않지만 돈을 온통 바른 것 같은 차였다”라고 옮겼는데, “번호가 거의 영에 육박한다”는 두 번째 문장은 대체 무슨 뜻이냐고. 무슨 번호를 말하는 것인지도 모르겠고. 이렇게 저렇게 구글링해보다가 번호판을 말하는 거라는 심증이 들어 ‘lowest + car + plate + number + rich’로 검색해 마침내 수수께끼를 풀었다. 미국에서 한 세기 전에 처음 자동차 번호판을 발행하면서 낮은 번호부터 순서대로 주었기 때문에, 번호판 숫자가 낮을수록 자동차를 빨리 구입한 부자라는 뜻인 때가 있었대. 이렇게 검색해서 결국 답을 찾아내면 힘들긴 해도 뭔가를 알아냈다는 기뿜도 커서, 이런 순간이 일하면서 특히 즐거운 순간이야! 그래서 나는 번역가가 하는 일이 내가 좋아하는 탐정소설에서 탐정이 하는 일하고 비슷하다고 주장하기도 해. 단어로 이루어진 단서들을 연결해서 전체 그림을 찾아내는 일이니까. 아무튼 내 기본 입장은 이런 것 같아. 일단 명탐정의 자세로 저자가 무슨 소리를 하는 건지 최선을 다해서 알아낸다. 그 다음에 알아낸 것을 최선을 다해서 내 모국어로 전달한다. 그렇게 하지 않고는, 번역이 지향해야 할 바라고 흔히들 말하는 충실성과 가독성을 동시에 이룰 수는 없지 않나?

낯설고 생소한 것을 독자가 떠먹기 좋게 한다고 대략 비슷한 것으로 치환해서 뭉뚱그리고 특색을 지운 이유식으로 만들어버리는 것이나, 번역가가 소화 못한 채로 그대로 생경하고 거칠게 남겨놓고 무슨 뜻인지 해석하는 걸 독자의 몫으로 떠넘기는 것이나, 게으르고 무책임한 번역인 것은 마찬가지라고 생각해. 이런, 해석과 글쓰기 양쪽으로 다 공을 들여야 한다고 말해놓고 보니 과연 나는 잘하고 있나 싶다. 요새 진도도 잘 안 나가고 슬럼프인 것 같기도 해. 2주 전부터 번역 수업을 시작했는데, 나름대로는 이렇게 저렇게 하는 게 좋은 번역이라는 확신이 있어서 가르치겠다고 나선 거지만, 그게 객관적 근거가 있는 일반적 원칙이라고 할 수는 없으니 자꾸만 자신이 없어지더라고. 번역에는 정답이 없는데 내 방법만이 옳다고 고집할 수도 없는 것 같고. 나는 내적 확신이 부족해서 거기에 쓸데없는 에너지를 너무 많이 쓰는 것 같기도 하네. 이렇게 기분이 좀 가라앉을 때는 번역이 'thankless'한 일이라는 생각도 드는데 그러다가도 '인정 못 받는', '보람 없는', '생색 안 나는' 등 중에서 뭐가 역어로 적절할까 고르고 있지. 어쩔 수 없는 번역쟁이야. 주말에 너한테 편지 쓰는 시간은 그래도 유일하게 즐거운 시간이구나. 마감은 잘 되어 가? 몇 달짜리 마라톤 결승선에 또 한 번 다가갔구나. 고생 많았고 마감하면 잠시라도 해방감을 만끽하길.

2021년 8월 28일

옮긴이의 진심

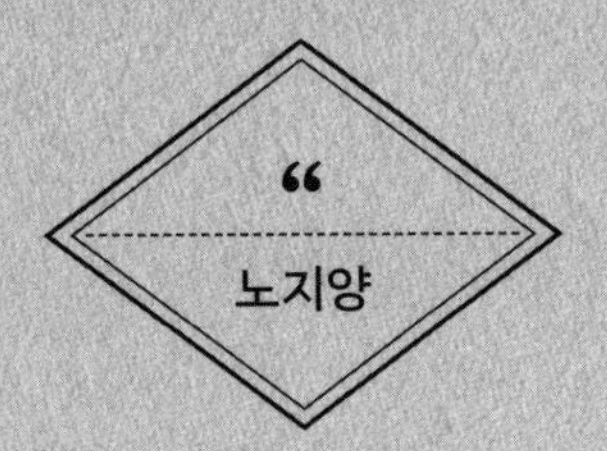

우리는

투명한 그림자야

너의 편지를 고맙게 받고 바로 답을 해주고 싶었는데 안타깝게도 마감을 하지 못했어. 가장 많은 시간과 집중력이 필요한 2차 번역 과정이 아직 끝나지 않았거든. 물론 그 와중에도 틈틈히 놀고 쉬긴 했지만 말이야.

안 그래도 2021서울국제도서전에서 지아 톨렌티노의 《트릭 미러》로 북토크를 하기로 해서 책을 넘겨보다가 네가 번역이 좋다고 해준 부분의 원문을 찾아보았어. "하늘은 방대하게 끝없이 뻗었고, 벨벳처럼 그윽했다"가 원문으로는 "The sky is enormous, eternal, velvet"이네. 나 역시 잘 읽혀야 한다는 생각에 내 방식으로 길들였나 봐. "벨벳처럼 그윽했다"는 공감각적인 표현이라고는 생각 못했고 그냥 되는대로 밤하늘의 느낌을 묘사하려다가 얻어걸린 것 같아.

번역 수업에 대한 네 고민과 번역이 'thankless'('생색 안 나는'이 마음에 드는군) 한 일일지도 모른다는 문장을 보고선 나도 수업이 끝나고 받은 한 수강생의 메일이 떠올랐어. 내가 수업 중에 내 번역이나 문장을 고집하지 않고 "이분의 단어 선택이 더 좋다. 이 부분은 제가 부족한 것 같다"고 지체 없이 수긍하는 태도가 인상적이었다는 거야. 분명 칭찬의 말이었을 텐데 나는 내 자신 없는 태도에 권위라고는 없어 수강생들이 우습게 보거나 배울 게 없다고 생각하지는 않았을지 걱정이 되는 거 있지?

얼마 전 넷플릭스의 한 스탠드업 코미디에서 다양한 출신지와 인종의 뉴요커들의 특징을 꼬집어 묘사하는 걸 듣다가 웃음이 여러 번 터졌는데, 역시 코미디에는 과장법이 생명이더라고. "지구상에서 가장 'humble(겸손)'하고 'modest(자기를 낮추는)' 한 사람들은 누구일까요? 번역가들입니다. 20년 경력의 번역가가 원문을 10번 정도 읽고 일주일 동안 고심 고심해서 어떤 문장을 번역했죠. 그런데 나름대로 고민해서 넣은 자연스러운 표현이 빠지고 직역에 가깝게 바뀌어 있으면 이렇게 말합니다. '저는 이렇게 번역하는 편이 더 적합하다고 생각해서 넣었지만, 그래도 편집자님 의견이 그러시다면 편집자님 뜻을 따르도록 하는 것이 좋다고 생각합니다만, 그럼에도 불구하고 다시 한 번 고려해주십사 하는 이유는……' 하다가 결국 지우고 말죠. 끝없이 노력하지만 한없이 투명에 가까운 인간이라고 해야 할까요?"

그래서 이번에는 번역가 특유의 겸손함이랄까, 좋게 말하면 수용적 관점이나 유연한 태도, 나쁘게 말하면 지나친 상대주의나 전문 직업인으로서의 확신 부족에 대해서 생각해보았어. 번역은 애초에 정답이 없기 때문에 열 명이면 열 명이 전부 다른 번역을 하고, 읽는 사람에 따라서 호불호가 다를 수가 있잖아. 만약 번역 경시대회가 열려 참가자들에게 외서의 한 문단을 주고 10분 동안 번역하라고 한 다음 최상의 번역을 선택하는 헝거 게임 같은 상황이 펼쳐진다면? 나는 2라운드에서 패배의 쓴맛을 보고 집으로 돌아가야 할 거야.

〈생활의 달인〉 같은 프로그램에서 손이 보이지 않을 정도로 빠르고 정확하게 자기 일을 하는 달인들을 보면서 감탄해. 이론대로라면 나도 실력이 차곡차곡 쌓여야 하는데 왜 이렇게 새 책을 만날 때마다 매번 새로 시작하는 기분이 들고, 벅차고 힘겨운 걸까. 속도는 점점 늦어지고 있지. 과연 나는 긴 세월 수십 권의 책을 번역하면서 발전이란 것을 하긴 한 걸까? 그저 겸양의 미덕을 쌓기 위해 매일 수행하다 자비 보살이 되는 걸까?

한 번역가 친구는 번역을 세 권 정도 마친 초보 시절에 편집자에게 "내 문장을 절대 고치지 말라"고 으름장을 놓았다는 거야. 10년쯤 흐르자 과거가 부끄러워 쥐구멍에라도 숨고 싶은 심정이라며 지금은 역자 교정도 필요 없으니 편집자 재량껏 하라 말한다더라고. 나 또한 5년차 번역가던 시절과 비교하면 원래 없던 고집이 더 없어진 것 같아. 그래서 교정지가 왔을 때 예전보다는 마음도 느긋해지고 유순해졌다고 해야 하나. 편집자님이 오역을 발견해주면 감사해할 준비가 되어 있고, 내가 처음에 쓴 단어나 문장이 맥락상 더 적절하다고 믿으면 내 의견을 부드럽지만 확고하게 전달하기도 하고. 결국 목표는 독자들에게 정확하면서도 가독성 있고, 장르에 따라 감동까지 주는 텍스트를 제공하는 거니까. 오늘도 나는 언어의 매개자, 조용한 그림자로서의 의무를 다하자 싶어.

그러다가도 종종 자신감이 바닥을 치고 '에고 부스트ego boost'가 필요할 때는 트위터나 인스타그램에 내 이름이나 번역서 제목도 쳐보면서 혹시라도 번역 관련 칭찬이 있는지 눈에 불을 켜고 찾아보기도 하는데, 요즘에는 그 또한 모래사장에 바늘 찾기로군. (자연스럽게 한 번씩 등장하는 자기 비하 유머여.)

하지만 남들의 칭찬이나 인정은 위로와 힘이 될지언정 일시적이고 허무하기도 하지. 제일 심신이 안정되었다고 느낄 때는 집중해서 번역한 뒤 내가 한 번역을 내가 두어 번 더 읽어보고 싶을 때랄까. "그래, 이 정도면 술술 넘어가는구나. 앞으로도 이렇게 하자. 나 아직 안 죽었다. 으하하" 외치며 집으로 돌아갈 때 말이야.

나는 스포츠 선수들의 인터뷰나 글을 눈여겨보는 편인데 우울증과 대인기피증으로 2021프랑스오픈에 불참하기도 한 오사카 나오미가 2021년 8월 US오픈 전날에 이런 트윗을 남겼더라.

> 최근에 내가 왜 이런 기분을 느낄까 생각해보니 (…) 마음 속 깊이 스스로가 충분하지 않다고 never good enough 생각해서였다. (…) 사람들은 내게 겸손하다 했지만 내가 해온 건 지나친 자기 비하extremely self-deprecating였다.

아니, US오픈 두 번, 호주오픈 두 번, 총 네 번의 그랜드슬램 우승을 달성하고 세계 랭킹 1위기도 했던 프로 스포츠 선수가 이런 생각을 하고 있다고? 이건 아니잖아. 역시 동북아 여성의 피가 흐르기 때문인 건가. 안

타깝게 생각하면서 이번 US오픈에서는 만족할 만한 성적을 거두었으면 하던 참이었지.

날씨가 초현실적으로 아름다웠던 초가을 주말, 하루 종일 작업실에 박혀서 막바지 교정 중인 책의 한 챕터를 다시 들여다보고 나오는데 기분이 자꾸 가라앉는 거야. 내가 이 책 전체에서 가장 아름다운 글이라고 생각한 에세이인데 내가 글맛을 제대로 살리지 못했다는, 아니 처참하게 망쳤다는 생각마저 드는 거지. 내 번역 실력은 이 글을 '충족시키지 못한다는not good enough' 생각이 들면서 말이야. 그러다가 다시 마음을 고쳐먹었지. 오늘은 피곤해서 그렇다. 번역은 만지면 만질수록 나아진다. 내 기준이 높은 이상 이대로 넘기진 않을 것이다. 아직 시간이 있다.

US오픈이 시작되었고 2021년 9월 4일 경기에서 오사카는 캐나다의 신성인 레일라 페르난데스에게 패배했어. 당시 인터뷰에서 오사카는 자신이 최근에 경기에서 이겨도 안도감만 느꼈고 언제 복귀할지 모르겠다면서 눈물을 훔쳤어. 하지만 오사카가 제발 자기가 충분하지 않다고 느끼지는 않으면 좋겠어. 본인이 며칠 전 쓴 트윗처럼 이제까지의 성취를 인정하고 축하하면서 정진하면 좋겠다.

몇 년 전 테니스 선수 세리나 윌리엄스가 승리 후 밝게 웃으며 인터뷰를 하는 걸 듣다가 다이어리에 얼른 적어두었어. 언젠가 오사카도 이런 인터뷰를 하게 되길 바란다.

결국에는, 내 일을 사랑하기 때문이죠. At the end of the day, I love what I do.

그런데 'At the end of the day' 참 많이 나오는 표현인데 '결국'은 너무 심심하지 않니? 네가 'just around the corner'를 '가까이에'가 아닌 '바로 저 모퉁이 너머에 있을지도'로 원문을 살려 번역해서 참 좋던데, 이 숙어도 '하루가 끝날 즈음'이라고 직역해볼까. 아무래도 어색하네. '가장 중요한 건'이라고 번역해도 될 거야. 인터뷰나 트윗 글도 요리조리 번역을 하고 있다니 나 역시 어쩔 수 없는 번역쟁이인가 보다!

2021년 9월 5일

교정지 위
붉거나 푸른 마음

맞아, 네 말 무슨 말인지 알아. 고심해서 최대한 자연스럽게 번역해 넣은 표현이 교정지에서 직역에 가깝게 바뀌어 있을 때 안타까워도 편집자에게 자신 있게 이의를 제기하지 못한다는 말. 아무리 공들여 번역한 문장인들, 원문과 멀어졌다는 비판 앞에서는 옹호할 수 없는 것이 되어버리지. 한없이 겸허해질 수밖에 없는 게 번역의 존재론적 숙명인가 봐. 원문이 절대 기준으로 존재하는 한 번역은 결코 완전한 것이 될 수 없으니까. 번역은 원문이라는 이데아에 얼마나 가깝냐를 기준으로 평가될 뿐 그 자체의 성취로 보이는 일이 없고, 아무리 잘해봐야 근사치일 뿐이고, 무수한 가능성 가운데 다른 것들을 포기하고 택한 하나일 뿐이고, 때로는 무언가를 얻으면 다른 것을 놓칠 수밖에 없는 제로섬 게임이니까. 아무리 실력과 자신감이 뛰어난 번역가라고 할지라도 "내 번역은 나무랄 데 없이 훌륭하다"라고 말할 수는 없는 게 번역이 타고난 운명인 것 같다. 이런 입장이다 보니 어쩐지 내 번역에 대해 방어적인 태도가 되고, 편집 과정에서 쓸데없이 상처받는 게 아닌가 싶어.

은유 작가가 출판계 노동자들을 인터뷰해서 쓴 《출판하는 마음》이라는 책에, 내가 "빨간 펜으로 온통 고친 교정지를 받았는데 빵점 맞은 기분이 들었다"라고 충격받은 심정을 내비친 말이 들어갔어. 편집자님들이 그 책을 읽고 나한테 종종 그 이야기를 하셔. 어떤 편집자님은 자기는 교정을 볼 때 파란 펜만 사용한다고, 빨간 펜을 썼다가 저자나 번역가가 격노한 적이 있다는 이야기를 들려주셨어. (그 말을 듣고 돌이켜보니 파란 펜이나 연필로 표시한 교정지가 대부분이고 빨간 펜으로 쓴 교정지를 받은 일은 몇 번 안 되더라고. 수정은 빨간 펜으로 해야 눈에 훨씬 잘 뜨이는데도. 편집부에서 내부용 교정지에는 빨간 펜을, 저자·번역가용 교정지에는 파란 펜을 쓰는 걸까?) 또 다른 편집자님은 인터뷰집에서 내가 한 말을 읽고 (내가 싫어한다고 생각해서) 내 원고를 거의 고치지 않았다고 하더라.

하지만 난 그런 뜻으로 한 말은 아니거든. 내가 쓴 문장에 고칠 부분이 그렇게 많다는 사실에 속상한 마음이 드는 것과는 별개로, 편집자가 손을 대면 원고가 훨씬 좋아진다는 것, 어떤 원고든 다른 사람의 객관적인 눈이 필요하다는 걸 아니까, 충분히 고치되 나한테 보낼 때는 수정을 마친 상태로 (빨간 펜이 보이지 않는 상태로) 보내주셨으면 좋겠다는 뜻이었어.

물론 이건 내 경우고, 편집 과정에서 '잘못' 고쳐진 부분이 있을까 봐 전전긍긍하는 번역가들도 있겠지. 내가 아는 어떤 번역가는 교정지를 파일로 받아서 문서 비교하는 툴로 원고와 비교해보고 어떤 부분이 어떻게 고쳐졌는지 일일이 확인한다고 하더라.

나는 그 정도로 교정지를 꼼꼼하게 보지는 않고 대체로 편집자를 믿는 (믿고 싶은) 편이지만, 그래도 교정지를 받으면 이상하게 감정이 예민해지고 공격받는 듯한 느낌이 들 때가 있다는 건 부인할 수가 없네. 이분은 내가 이것도 모를 거라고 생각하는 건가? 내 해석을 의심하는 건가? 원문에서 겨우 이만큼 벗어난 것도 허용 안 되나? 나름 고민해서 내린 판단인데 왜 알아주지 않지? 이걸 꼭 이렇게 고쳐야 하나? 내 것이 더 좋지 않나? 이런 생각들이 머릿속에서 마구 오가니까. 그래도 교정에 대해서는 편집자가 권위자고, 번역가는 원래 존재론적으로 겸손해야 하는 사람이니까, 될 수 있는 대로 조심스럽게 내 의견을 적어서 다시 교정지를 보내.

(그래도 내가 적은 글귀에 흔들린 감정이 전혀 배어나오지 않았을 거라고 자신은 못하겠다.) 그런데 우리가 편집자님하고 만나서 이 책 쓰기로 결정한 날, 그분이 하신 말 생각나? 자기도 똑같은 심정이라고. 저자나 번역가에게 보냈다가 되돌아온 교정지에 적힌 코멘트들을 읽으면 야단맞는 기분이라고. 그때 머리를 강타하는 충격을 느꼈다. "아, 나도 빨간 펜 대신 파란 펜만 써야겠구나."

교정지를 마주하며 복잡한 심정을 느끼는 게 나만이 아니었다는 걸 깨달았어. 또 얼마 전에는 《시사인》에 김은경 외주 교정자가 쓴 글을 읽었는데, 이분도 교정 작업의 미묘한 감정에 대해 이야기하시더라고.

> 그 모든 교정 교열 작업 과정에서 공감과 서운함, 의문, 찬성, 반대, 부끄러움, 희열, 웃음, 울화, 안절부절, 체념 같은 수많은 감정이 교정지를 통해 오간다. '오간다'라고 했지만 사실 상대에게도 갔는지는 알 길 없고 내게 온 것은 분명하다고 느낀다.

번역가와 편집자 사이에서, 교정지 위에 적힌 붉거나 푸른 글자들에는 담기지 않은 복잡한 감정이 오가는구나 하는 생각을 하다가, 직접 전해지지 않는 감정이 한 가지 더 있다는 게 떠올랐어. 고마움 말이야.

내가 처음 이 일을 시작했을 때에 비해 실력이 더 나아졌다면(나는 그렇다고 강력하게 믿는데) 그건 내 일에 피드백을 주는 유일한 존재인 편집자들 덕이겠지. 그동안 여러 편집자를 만나며 무수히 교정을 받고 내 문장이 어떻게 고쳐지는지 보면서, 나도 모르는 사이에 조금 더 나은 문장을 쓰는 법이 몸에 배었을 것 같아. 번역가는 저자만큼 편집자와 긴밀하게 소통하지는 않지만(내가 지금까지 같이 작업한 편집자들 중에 한 번이라도 만나본 사람보다 얼굴도 모르는 사람이 더 많을 것 같다), 평소에 좀 더 이야기를 나누고 서로에 대한 이해와 신뢰를 쌓는다면 교정지 위에서 미묘하고 날카로운 감정이 부딪히는 일도 줄겠지. 다만 내가 알기로 번역가도 편집자도 수줍은 사람이 많아서 쉽지는 않겠지만. 그리고 편집자는 내 원고를 다듬어주는 사람이기도 하지만 무엇보다도 나한테 책을(일을) 주는 사람이잖아. 그 점이 특히 고맙지.

다른 사람은 어떤지 모르겠는데 나는 어떤 책을 맡을지 말지 결정할 때, 편집자가 작업을 의뢰하면서 보낸 메일에 상당히 영향을 받는 것 같아. 이 말이 "작업 의뢰 메일은 정성스럽게 써야 한다"로 오해되고 또 안 그래도 일 많은 편집자들에게 감정 노동까지 강요하는 결과가 되어서는 안 되겠지만, 아무래도 "이 책 할래?"보다는 "당신이 아니면 안 된다"라는 말에 마음이 움직이는 건 인지상정이 아닐까. 물론 "당신이 아니면 안 된다"를 말이 아니라 '돈으로' 보여줘야 한다는 것도 맞는 말이지. 출판사에서 돈주머니를 풀지 않으면서 편집자의 간곡한 호소를 무기로 번역가를 좋지 않은 조건으로 섭외하려 하면 안 되는 거고.

그런데 나는 "당신이 아니면 안 된다"보다도 편집자가("잘 팔릴 것 같은 책이다" 혹은 "좋은 평을 받은 책이다"가 아니라) "이 책은 내가 개인적으로 좋아하는 책이다"라고 소개하는 책에 이상하게 마음이 끌리더라고. 우리가 책으로 책을 만드는 일을 하면서 (어차피 번역가나 편집자나 큰돈은 못 버니까) 가장 큰 기쁨과 보상을 얻을 수 있는 지점은, 자신이 좋아하는 책을 번역한다는 게 아니겠어? 그런 마음으로 편집자와 같이 책을 만드는 경험은 분명 즐거울 거고, 이 편집자는 내 원고를 소중히 다뤄주고 정성스럽게 좋은 결과물을 내줄 거라고 기대하게 되니, 어쩐지 마음이 설레면서 "그럼 한번 해볼까?" 생각하게 되는 것 같아.

역으로 내가 좋아하는 책을 (내가 기획하고 출간 제안

을 해서) 작업할 수 있다면 그것도 무척 즐거운 일인데, 현실적으로 그런 일은 좀 드물지. 그런 경험이 지금까지 두어 권 정도밖에는 없던 듯. 아니면 내가 좋아하는 작가의 신작이 운 좋게도 나한테 와서 뛸 듯이 기뻤던 적이 있어. 그런 일들이 많아질수록 우리가 하는 일도 더 즐거울 거라고 기대해보자. '내가 좋아하는 책.' 말만 들어도 설레는 글귀 아니니? 네가 말한 것처럼, "결국에는, 내 일을 사랑하기 때문에 At the end of the day, I love what I do." 다음 편지에서는 그 이야기를 해봐야겠다.

2021년 9월 11일

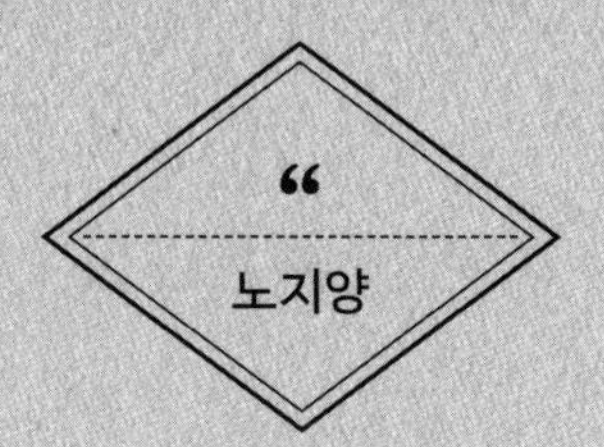

아까운 책,
아깝지 않은 우리

지난 편지에서 이야기한 《트릭 미러》의 북토크를 황선우 작가와 했어. 평소에 묵언 수행을 하며 살아서인지 온라인 북토크가 낯설어서인지 말이 조리 있게 나오지 않더라. 그래도 북토크 전에 메일만 주고받던 담당 편집자의 얼굴을 처음 보고 수다를 떨어서 즐거웠어. 편집자가 왜 갑자기 북토크를 기획하게 되었는지 설명하면서, 이 책이 너무 아까워서 더 많이 읽히길 바랐다고 하니 나도 고개를 끄덕이며 동의했지. 물론 《트릭 미러》는 추천사 라인업이 화려했고 내용에 공감하는 독자들이 많아 내 예상보다는 많은 관심을 받은 편이었지. 그런데도 편집자가 여러 번 했던 "아깝다"는 말이 계속 맴돌아서 그에 대해서 생각을 해보았단다.

너도 알겠지만 우리가 번역하면서 많이 느끼게 되는 감정이기도 한 것 같아. "이 책은 참 아깝다." 우리야 모든 책을 똑같이 공들여서 번역하고 편집자에게 역자 교정까지 마쳐서 메일 보내기 직전까지 고민하고 퇴고해서 원고를 보내지만, 이 책이 어떤 제목과 표지를 입고 나와, 또 어떤 타이밍과 우연의 도움을 받아 독자들의 간택을 받게 될지는 아직도 예측이 잘 안되더라고.

그래서 내가 번역한 책들 중에 개인적으로 애정을 갖고 높이 평가했지만 독자의 외면을 받고 묻혀버린 책을 이야기해볼까 하다가, 그보다 더 눈물 나게 애틋한 녀석들이 생각나고 말았어. 번역을 했지만 이런 저런 사정으로 출간이 되지 못한 책들 말이야. 그러니까 서점의 조명 빛을 받을 기회도, 독자의 외면을 받을 기회도 없이 한글 파일 형태에서 초라한 임종을 맞이한 책들.

가장 최근에 비극적 운명의 희생자가 된 책은 2018년에 번역한 조지 도먼의 《슈퍼팬Superfan》이었어. 편집자가 이직을 하는 바람에 출간되지 못한, 스포츠 광팬들에 관한 책인데 얼마나 아까운지 내가 내 에세이에 두 번이나 언급했다는 거 아니니. 이 책은 다양한 장르의 스포츠 광팬들을 장마다 한 명씩 소개하면서 그들의 심리를 분석하는 인문서인데 미국 스포츠 기자들의 필력은 타의 추종을 불허하거든. 이 책도 구성, 정보, 휴머니즘 어느 하나 빠지는 구석이 없고 같은 스포츠팬으로 감동의 눈물을 흘리면서 번역해 들떠서 출판사에 메일을 보냈건만…….

물론 이 책이 나오지 못한 이유가 있을 거야. 한국에서 스포츠 논픽션이 베스트셀러가 된 경우가 마이클 루이스의 《머니볼》 말고 뭐가 있을까? 아마 이 책도 조나 케리의 《그들은 어떻게 뉴욕 양키스를 이겼을까》처럼 도서관에 먼지 낀 채로 잠자고 있다가 나 같은 메이저리그·논픽션·미국 문화 팬이라는 흔치 않은 조합의 독자에게 몇 년에 한 번 대출된 뒤 지하 서고로 퇴출되고 말았겠지. 이 책을 번역할 때만 해도 NBA 문외한이라 케빈 듀란트가 누구인지도 몰랐는데, 이후에 NBA에 빠지게 되고 주워들은 정보 덕분에 더 재미있게 볼 수 있었다는 사실로 또 한 번 위로해본다.

《슈퍼팬》으로부터 3년을 거슬러 올라가서 내가 2015년에 번역한, 생각만 해도 마음이 아픈 책이 한 권 있다. 마야 반 와그넨이라는 15살 소녀가 쓴 10대들을 위한 자전적 에세이 《파퓰러Popular》야. 멕시코 국경 부근 텍사스에 사는 마야는 인기 없고 촌스럽고 교정기 낀 범생이(너드!) 중학생인데 어느 날 책장 구석에서 《10대들을 위한 인기 가이드》라는 1950년대 책을 발견하고, 1년 동안 이 책의 조언을 그대로 따르며 인기란 무엇인지 연구하기로 해. 등장인물은 〈모던 패밀리〉 스타일의 엄마, 아빠, 동생, 미식축구부 남자애들, 배구부 인기녀들, 고스족 예술가들이고 마지막엔 댄스파티 장면도 나와. 마야의 절친은 입이 거칠지만 의리 있고 극성 엄마에게 치이는 한국계 소녀. 조연까지 완벽하게 전형적인 넷플릭스의 하이틴 드라마 설정 아니겠니.

오랜만에 내가 출판사에 보낸 번역 파일을 열어서 다시 읽어봤는데, 어머나 이럴 수가, 몇 번이나 큰소리로 웃었다. 이 책은 소설이 아니라 일기라서 줄거리는 약해. 그런데 이 어린 저자의 유머 감각이 놀라워서 디테일이 끝내주게 재미있어. 겨울방학이라 늦잠 자는 아이에게 "조금만 더 자라" 하면서 키득거리며 번역한 기억이 선명하다.

마야의 아빠가 집에 와서 가족들이 밥을 먹는 모습 보면서 "이제 우리 가족은 와그넨스가 아니라 뚱그넨스야"라던 부분도 시트콤 같고. 마야가 짝사랑하는 남자애 앞에서 긴장해서 〈반지의 제왕〉 호빗 이야기를 막 쏟아낸 다음 그때부터 자기를 '호빗걸'이라고 칭해서 또 웃었어. 마야가 베이비시터를 하는 대목에서 아이와 나누는 대화를 볼래?

"언니, 무서운 꿈꾸면 어쩌지? 좀비는 살아나지?"

"좀비는 순 가짜야. 죽은 사람들은 원래 다시 살아날 수 없거든."

"예수님은 살아났는데?"

아. 지저스.

"그건 다르지……."

말을 하다 잠깐 멈추었다. 다음 단어를 신중하게 골라야 한다. 잘못하다 아이가 좀비 예수님 꿈을 꿀 수도 있기 때문이다.

"예수님은… 착하시잖아, 그치?"

'좀비 예수님'이라니 신선하면서도 그동안 왜 생각 못했을까 싶기도 해 빵 터졌다. 번역가님이 10대들의 언어와 대사를 찰지게 잘 살렸더라고. 얼마나 고민 많이 하셨을까 몰라.

하지만 이 책도 출판사가 출간하지 않기로 결정한 이유가 있을 거라 생각해. 미국의 10대 소설은 문화 차이 때문인지 한국 독자들 사이에서 인기가 없더라. 뒷부분으로 가면서 지루해지는 경향도 있고. 물론 이보다 문화 차이가 심하고 덜 흥미로운 소설도 많이 출간되던데 여전히 조금 아쉽다.

그리고 3년을 또 거슬러 올라가서 2012년에 번역한 니나 가르시아의 《스타일 전략Style Strategy》이라는 책도 나오지 못했지. 전에 이 저자의 책을 두 권 번역하고 출간이 되었는데 별로 판매 지수가 높지 못했나 봐. 또 전반적인 패션 팁보다는 본격적으로 쇼핑을 다루고 있는 책이라 미국의 매장 소개가 주로 나와서 한국 독자들에게 생소했을 것 같아. "저희가 시기를 빨리 잡은 것 같아요"라던 편집자님의 말이 생각나네. 그 뒤로 너도 나도 원정 쇼핑이나 직구를 하는 세상이 되었으니 이 책이 약간은 도움이 되었을 것 같은데 말이야.

그런데 '3년 증후군'이면 어쩌지? 번역한 스포츠 책이 출간 안 되고 3년이 흘렀는데 올해도 아까운 책이 출간 안 되는 건 아닌지 살짝 걱정이 된다. (다행히 그런 일은 없었다.) 그래도 이렇게 한풀이하듯 미출간 책 이야기를 풀어놓고 나니 이 아이들에게 약간이라도 빛을 쏘아준 것 같아 기쁘다. 이제 다시 관 속으로 들어가렴.

아까운 책을 생각하다 보니 내 주변에 '아까운 사람들' 얼굴도 하나둘씩 생각나더라. "엄마, 공부했으면 잘했겠지?"라며 세 딸에게 자꾸 확인하던 엄마. 난 우리 엄마가 고등교육을 받으셨으면 어떤 사람이 되었을지, 어떤 직업을 가졌을지 가끔 상상해보곤 했어. 그 무엇을 해도 똑부러지게 해내셨을 테니까. 그리고 너무나 명석하고 현명하고 부지런하며 완벽주의 기질을 가진 우리 시어머니. 유명한 산부인과 선생님이 되어 진료하시는 모습을 충분히 그려볼 수 있어. 물론 주부로서도 완벽하셔서 시어머니의 김치는 또 얼마나 위대한지, 임금님 수라상에 올라야 할 음식을 미천한 내가 먹고 있는 것 같아 송구스럽다.

그러고 나서 너와 나를 생각했어. 우리 일 자체가 우리를 참 '안 아깝게' 한다는 생각에 이르게 된 거지. 그 오랫동안 배운 영어와 대학교 때 접한 영미문학, 각자 대학원생으로, 방송 작가로 살면서 쌓아온 글쓰기 능력, 그동안 읽은 책들, 본 영화, 들은 음악, 우리를 형성한 요소들을 얼마나 잘 활용하고 있는 걸까 싶어진 거야. 하나도 버리는 일 없이 다 꺼내서 요리조리 쓰고 있는 느낌이랄까. 어떻게 보면 가진 것 이상의 능력을 발휘하려 애쓰면서 일을 하고 있는데 가끔 이 느낌이 상당히 뿌듯한 기분을 선물할 때가 있어. 그러니까 간혹 아까운 책들은 있지만 우리는 아깝지 않다! 오늘의 결론이다.

2021년 9월 23일

괴물을 무찌르려고

퇴근합니다

오늘은 네가 이달 초(9월 6일)에 보낸 편지에서 한 이야기를 계속 생각하고 있어. 네가 아름다운 원문을 충분히 아름답게 옮기지 못한 건 아닐까 하며 마음이 가라앉았다가, "오늘은 피곤해서 그렇다. 번역은 만질수록 나아진다. 내 기준이 높은 이상 이대로 넘기진 않을 것이다. 아직 시간이 있다"라고 의지를 다지며 작업실에서 집으로 돌아갔다고 한 이야기 말이야. 마감에 쫓기면서도 어쩌면 아무도 알아차리지 못할지도 모를 마지막 마무리 작업에 공을 들이고 있을 너를 생각하니 숙연해진다.

번역가마다 작업 방식은 다 다르겠지만, 마감에 쫓기는 존재라는 점은 누구나 마찬가지겠지. 그런데 나는 성격이 급하고 시간 강박이 좀 강한 편이라 그런지 마감 날짜를 넘기느니 차라리 품질을 타협하는 편이야.

그래서 방망이 깎는 노인처럼, 너처럼 성에 찰 때까지 깎고 다듬지는 못하는 것 같아. 사실 출판사에 넘긴 원고가 1년, 2년, 3년까지도 출간을 기다리며 묵혀 있을 때도 있는 걸 보면, 내가 마감일에서 하루라도 늦지 않으려고 전전긍긍하며 날짜를 헤아리고 계획을 세우는 게 무슨 의미가 있나 싶을 때도 있어. 그래도 내가 생겨먹은 게 그래서인지 거의 날마다 남은 날짜와 분량을 헤아리며 하루 단위, 일주일 단위, 한 달 단위, 1년 단위로 계획을 세우고 일정을 조정하는 게 습관처럼 되었네. 그런데 며칠 전에 정말 어이없는 일이 있었어.

그날 저녁에 번역 수업이 있었는데, 보통 수업 당일에는 수강생들이 제출한 과제를 첨삭하고 그걸 바탕으로 프레젠테이션 자료를 만들거든. 그런데 그날 아침에 책상에 앉아서 늘 그러듯 하루 단위, 일주일 단위 일정을 점검하다가 "오늘 오전에 번역을 다섯 쪽만 해놓으면 추석 연휴 전에 '작은 마감' 하나를 할 수 있겠다"는 생각이 들었어. 나는 일정강박자답게 마감도 많이 만들어놓거든. 실제 원고 마감 말고도 매일 정해놓은 목표가 하나씩 있고 번역 마감, 수정 마감, 최종 교정 마감 이런 식으로 작업 과정을 세분해서 작은 마감을 정해놔. (이렇게 적어놓고 보니 내 상태가 상당히 심각한 것처럼 보이기도 하는데 그냥 오랜 프리랜서 생활을 하면서 생긴 습관일 거라고 생각해줘!)

하여튼 그래서 오직 추석 전에 마감을 해서 일정표를 깔끔하게 만들고 싶다는 욕심에서, 평소보다 좀 서둘러서 오전에 번역 작업을 하고 오후에는 강의 준비를 했지. 그러느라 아마 시계를 계속 봤을 거고. 그러다 보니 어쩐지 나도 모르게 마음이 불안해지더라. 불안이 어느 임계점을 넘어서니까 '내가 왜 이렇게 쓸데없이 열심히 살지?' 하는 생각이 문득 들었어. 프리랜서의 장점은 일을 조절할 수 있다는 것 아닌가? 회사 그만두고 프리랜서 하겠다고 한 까닭이 야근 안 하고 시간 여유를 갖고 싶어서가 아니었나? 그런데 요새 내 생활을 보면 내 일에, 집안일에, 애들 공부 봐주는 것까지 거의 쉬는 시간이 없는 것 같은 거야. 쉬지를 못하면 긴장이 쌓이고 긴장이 쌓이니 불안해지는 듯해서 '아, 정신 챙겨야겠다' 하는 생각이 들었어. 그렇게 약간 불안한 상태로 수업하러 가려고 자전거를 타고 집에서 출발했네.

불안할 때는 이상하게 시계도 더 자주 보게 되고 마음도 더 초조해지잖아. 시간 여유가 없는 것도 아니었는데 그날따라 마음이 급해서 차도로 막 달렸지. 그런데 바로 눈앞에서, 길 옆에 주차된 차 운전석 문이 열리면서, 열린 차문에 튕겨 날아가 도로 위에 엎어지고 말았어. 그래놓고도 미친 정신에 수업에 늦을까 봐 (운전자 전화번호 받을 생각도 안 하고) 택시 불러 수업 장소로 가서, 절뚝거리며 계단으로 3층까지 올라가 (놀랍게도 정시에 도착했음) 무슨 정신인지 수업을 했다는 거 아냐. 그러고 집에 돌아왔는데 밤새 너무 아프길래 다음 날 정형외과에 가서 사진을 찍어보니 무릎 골절이란다.

깁스하고 집에 누워 명상하는 시간이 길어진 탓인지 이런저런 생각이 많아진다. 사고가 나던 순간이 계속 떠오르면서 '내가 아무리 분 단위, 시간 단위로 계획을 세워봤자 그 문이 열리는 순간 모든 게 물거품이 되는구나' 하는 생각.

또 내가 나도 모르는 사이에 시간에 관한 통제광control freak이 되었나 하는 생각도 들었어. 다른 사람하고 만나기로 약속을 했을 때 나는 보통 제시간에 맞춰 가는데, 늦는 것 못지않게 일찍 가는 것도 싫어해서 약속 시간 5분 전 안쪽으로 도착하려고 치밀한 계획을 세우곤 해. 요새는 버스, 지하철 도착 시간을 알려주는 앱과 지도 앱이 있어서 그러기가 훨씬 쉬워졌어. 또 만나기로 한 사람이 늦게 도착할 때에 대비해 늘 가벼운 책을 한 권 가지고 가. 그러면 만날 사람이 늦게 오더라도 시간을 허비하지 않으니 화가 안 나거든. (네가 이걸 읽으면서 오늘 두 번째로 나를 "겉보기엔 멀쩡해 보여도 알고 보니 이상한 사람"으로 생각할 것 같다는 걱정이 든다.) 오랫동안 프리랜서로 일했고 그것도 투자한 시간과 수입이 비례하는 일을 하다 보니 생긴 습관이 아닐까 생각한다.

네가 작년엔가 나한테 책 한 권 마감하고 나면 뭘 하느냐고 물은 적 있지? 그때 제대로 대답을 못 했던 게 기억나. 나는 술을 마실 줄도 모르고 사람들을 만나서 재미있게 놀 줄도 모르는 사람이라, 아무리 생각해봐도 일 하나를 끝마쳤음을 기념하기 위해 특별히 하는 일이 없는 거야. 다음 일들이 줄줄이 기다리고 있어서 마음의 여유가 없기도 하고, 시간을 허투루 보내는 걸 겁내는 기질 때문이기도 한 것 같아. 너는 일하면서 피아노도 치고 그림도 그리고 영화도 보고 동네 모임도 하는데 왜 나는 달리 하는 일도 없이 이렇게 시간에 쫓기는 걸까.

프리랜서로 일하다 보니 근무시간과 아닌 시간이 구분이 안 되어서 쉬기가 더 힘든 것 같기도 해. 회사에 다니는 사람은 퇴근 후 시간은 오롯이 자기 시간으로 쓸 수 있는데, 프리랜서는 작업 공간과 생활공간도 분리가 안 되고 작업 시간과 그 밖의 시간도 구분이 안 될 때가 많지. 그래서 쉬어야 할 저녁 시간에 다음 날 번역할 부분을 미리 읽기도 하고 주말에 일을 하기도 하고. 너도 그러지 않니?

그렇지만 시간에 쫓기다가 성에 찰 만큼 품질을 높이지 못한 채 원고를 마무리하고 석연찮은 기분이 남거나, 마감이 여럿 겹치면서 쓸데없이 스트레스를 받거나, 제대로 휴식을 취하지 못해서 과부하가 생기거나, 시간 강박에 쫓겨 무릎이 부러진 상태로 3층까지 계단을 올라가는 것 따위의 어이없는 일들을 계속하다 보면 위기가 닥칠 수도 있겠지.

너는 일정 관리를 어떻게 하니? 나는 한때 게임을 좀 할 때는 일을 마치고 게임하는 걸 보상으로 삼기도 했어. 하루치 일을 정해놓고 할당량을 마치고 나면 그 다음에는 (저녁밥 할 시간이 되기 전까지) 게임을 하기로 하니까 작업 속도가 빨라지더라고. 내가 좋아하는, 중세 배경의 스토리텔링 중심 게임을 했는데, 이런 게임의 문제는 엔딩이 있다는 거야. 큰애가 어버이날 선물로 사준 확장판 두 개까지 다 클리어해버리고 나니까 더 할 게 없었어. 그래서 지금처럼 일정을 세우고 마감을 설정하는 식으로 작업 관리를 하게 되었는데, 지금 생각해보니 일할 때는 열심히 하고 다 마치고 나면 괴물과 적을 열심히 죽이던 때가 차라리 더 건강했던 것 같아. 지금은 시간을 의식하면서 긴장도는 높아지는데 보상이나 성취감을 느낄 방법이 없으니까. 올해 말에 나온다는 셜록 홈스 어드벤처 게임이 작업 보상용 미끼가 될 만큼 훌륭하기를 기대하고 있는데 시리즈 전편이 기대에 못 미쳤던 터라 어떨지 모르겠다.

병원에 가서 한쪽 다리에 깁스를 했고 두어 달 동안 쓰지 못하게 되었어. 팔이 아니라 다리라서 타자를 치고 있긴 한데 그냥 모든 일이 어이가 없기도 해. 프리랜서는 여러모로 건강관리가 생명이구나. 나처럼 사고를 당해서 작업을 못 하게 되더라도 병가를 낼 수 있는 것도 아니고, 틀어진 일정에 대한 책임은 내가 전부 져야 하는 거니까. 너는 아프지 마라. 난 열심히 일하는 만큼 열심히 쉬고 발산하고 스트레스를 풀어야 한다는 것도 기억하려고 노력할게.

2021년 9월 26일

‘노잼’이라는 말의 위로

친구야, 두 달간 깁스라니. 그동안 빽빽했던 일정과 부족했던 마음의 여유를 생각하면 넘어진 김에 쉬어가라고 말하고 싶지만 긴 한숨이 나오려는 걸 막을 길이 없구나. 네 말대로 우린 병가도 없고 일정이 한번 밀리면 걷잡을 수 없는데다 가뜩이나 시간을 쪼개어 살고 있는 네가 얼마나 당황했을지, 사고 당일을 되짚어보면서 얼마나 후회했을지 200퍼센트 이해한다. 그래도 당시 상황을 떠올리면 등골이 오싹한데 이만하길 천만다행인 거 알지? 물론 그 와중에도 팔이 아니라 다행이라고 생각해서 살짝 미안하기도 하지만 같은 번역가라 사정을 뻔히 알기 때문에 그렇다고 이해해주렴.

나는 어울리지도 않는 골프를 배우다가 테니스 엘보라는 증상이 생겨 오른팔이 계속 쿡쿡 쑤시는데도 항상 키보드를 (격하게) 두드리고 있다 보니 나을 기미가 안 보여. 병원에서 깁스를 해보라고 했지만 귓등으로도 듣지 않았어. 팔을 쓰지 못하는 생활은 상상할 수가 없잖아. 만약 우리가 불가피한 사정으로 일을 1년 이상 못 하게 된다면 출판사마다 사죄의 메일을 돌리고 계약금을 돌려주는 등의 민폐를 끼쳐야 하는데 얼마나 마음이 불편할까. 우리 네 말대로 스트레스 관리, 건강 관리 잘해서 길고 오래 일할 수 있도록 하자!

네가 그렇게 촘촘하게 마감을 만들어가면서 일정을 관리하는지 몰랐고 나는 왜 이렇게 주먹구구식인건지 반성했다. 언젠가부터 일정 관리를 안 하게 되어버린 것 같아. 예전에는 나도 원서에 스티커로 표시를 해두고 하루에 몇 쪽을 하겠다고 적어놓기도 했지만, 그래봤자 계획대로 흘러가지가 않으니 "하는 데까지만 하자"가 되어버리는 거야. 요즘에는 그야말로 대충 '이 책은 2개월, 그 다음 책은 1개월' 이렇게 마음으로만 정한 다음, 이번 주까지 초고 끝내고 2주 동안 교정, 이렇게 생각하고 말아버려. 내가 유난히 품질에 신경을 쓰면서 방망이 깎듯이 다듬는 게 절대 아니라 이렇게 무계획으로 일하니 대체로 마감을 미루게 되고, 막판에 시간에 쫓기지. 그러다 보면 품질이 떨어져서 괴롭고 불안 초조해질 뿐이라니까. 나도 네 말을 듣고 이번 기회에 작업 방식을 재정비하고 싶어 전에 쓰던 작업 일지를 꺼내 기록하기 시작했어. 프리랜서라면 너처럼 강박적일 정도로 계획적으로 일해야 같이 일하는 사람들에게 신뢰를 주고 수입도 보장되고 막연한 불안도 줄어들 거야. 나도 새사람 될 수 있겠지? 2022년부터!

내가 번역가치고는 산만하고 외향적인 성향이 있어 파티도 좋아하고(여기서 정체를 밝혀볼까. 나는 ENFP래) 다양한 취미나 외부 활동을 시도하는 편이긴 해. 그래도 몇 년 전까지는 일, 육아, 살림만 하면서 가끔 친구만나 회포 푸는 게 전부였는데 어느 날 현실 자각 타임이 왔달까. 어차피 목돈을 벌지도 못하는데 이렇게 일에 매달려서 '복붙 노잼' 인생 살다가 죽을 때 후회하는 건 아닌가 싶은 거야. 또 코로나19 상황 전에 번역 외에 했던 칼럼이나 강연 관련 수입이 조금씩 들어오면서 나도 이른바 '워라밸'을 추구하기 시작한 거지. 글쓰기 모임, 독서 모임, 그림 모임, 바느질 모임 등등 다양하게도 찔러보았는데 요즘에는 피아노와 요가를 빼놓고는 다 정리했고 (술 마시는 모임인 주당 클럽은 유지 중이지만) 어떻게 보면 나에게 가장 익숙한 생활로 돌아왔어.

나도 시간 강박에 시달리는 건 너와 비슷하거든. 우리 딸이 초등학교 저학년 때니까 아주 오래전인데 그때는 세상에서 제일 하고 싶은 게 일인데, 아이가 일찍 하교하면 일할 시간이 없으니 항상 미진하고 답답했어. 딸이 잔 다음에 새벽까지 일하기도 했고 보통은 딸이 학교에서 돌아오기 직전까지 카페와 도서관에서 일을 했지. 그즈음에 딸의 연말 학예회가 있어서 학교에서 행사를 기다리다가 노트북을 안 가져온 채로 두 시간을 도서관에서 대기하게 된 거야. 그때 기분을 지금도 잊을 수가 없어. 내가 노트북을 왜 안 가져왔을까 후회하면서 발을 동동 굴렀어. 도서관이니까 이왕 이렇게 된 김에 책을 꺼내 읽으면 될 텐데 책이 눈에 들어오지도 않고, "내가 이럴 때가 아닌데, 이 아까운 뭉텅이 시간을 흘려보내면 안 되는데" 하면서 그 시간을 불안에 휩싸여 보낸 기억이 나네.

지금도 카페에 가서 차 한 잔 마시며 책 읽는 여유를 부리지 못하는데, 카페는 나한테 일하는 공간으로 인식이 되거든. 우리 동네 스타벅스 긴 책상에 두세 시간씩 참 자주 앉아 있었다. 그래서 카페 가면 노트북 펴놓고 일해야 할 것 같아서 혼자서는 잘 가지 않는 편이야. 또 나도 너처럼 친구 만나러 지하철을 탈 때 반드시 책을 갖고 가거나 팟캐스트를 듣거나 다이어리라도 쓰든가, 평소 시간 없어 하지 못한 일을 하는 시간으로 만들려고 하고. 또 안타깝지만 누군가 만나거나 모임에 갔다가 그 시간이 내 생각만큼 알차지 않거나 길어지면 '이 시간에 일을 하고 있어야 하는데' 하는 생각을 멈출 수가 없는 거야.

몇 달 전에는 동네 서점의 희곡 낭독 모임에 참여해서 고전 희곡을 읽는데 다정한 언니들이 가져온 과일이나 빵을 먹으면서 역할을 나눠 소리 내어 연기하듯이 대사를 읊고 있으니 얼마나 신선하던지. 우리끼리 공연도 하고 전원주택에 놀러 가기도 가고 새로운 세상인 거야. 내 계산으로는 목요일 오전만 할애하면 되니까 끝나면 간단히 점심 먹고 작업실에 와서 일하면 된다고 생각했지. 그런데 결국 마감이 다가오면서 한 번씩 빠지다가 안 나가고 말았는데, 사람을 만나고 활동을 하고 에너지를 쏟고 나면 바로 작업 모드로 넘어가지 않아 한두 시간은 쉬어야 하고, 그러다 보니 목요일에는 계획이 조금씩 틀어지더라. 그렇게 일을 안 하거나 적게 하는 날이 쌓이면 결국 위의 나처럼 일정이 밀리고 마감을 미루고 아침에 일어나자마자 사자한테 쫓기는 임팔라의 심정이 되어버리는 거야.

그래서 "번역은 아르바이트가 아니라 직업이다, 포기할 건 포기하자" 하면서 일주일에 평일 이틀은 오전에 요가를 하고 피아노 레슨 한 번 받고 아이 밥 차려주고 시장 보고, 나머지 시간은 그냥 당연하게 작업실에만 나오고 있어. 스트레스는 주말에 등산하거나 산책하면서 풀려고 노력해.

그래도 가끔 페이스북에 동네 친구들이 미술관 앞 정원에서 야외 요가를 하거나 같이 모여 요리를 하면서 재미있는 시간을 보내는 걸 알았을 때는, 다들 그림 같은 추억을 만들며 살고 있는데 나는 왜 우물처럼 깊고 어두컴컴한 작업실에서 번역만 하고 있을까 싶어 순간적으로 살짝 우울해지기도 하네. 물론 그 사이에 역자 교정, 짧은 원고 들을 하나씩 클리어하면서 상쾌하기도 했어. 역시나 워라밸은 우리 번역가가 가까이 하기에는 머나먼 이상이었나. 햄스터는 쳇바퀴를 돌리고 우리는 원고지를 셀 수밖에 없는 운명인가.

그런데 〈노는 언니〉라는 프로그램에서 이제는 피겨스케이트 해설가이자 코치가 된 곽민정 선수가 한 말이 내 마음속에 대형 자막으로 남았다. "피겨 선수 생활이요? 완전 노잼 인생이에요." 우리가 보는 건 화려한 드레스를 입고 얼음 위에서 환상적인 기술 연기를 펼치는 모습이지만, 보이지 않는 곳에서 오로지 연습과 훈련으로 점철된 하루하루를 보내고 있다는 걸 다시금 깨닫

게 해주었지. 그리고 이 노잼 인생이라는 말이 어떤 분야든 '프로들의 일상생활'을 한마디로 요약한 건 아닐까 싶었어. 그 뒤로 알록달록 등산복을 입은 등산객들 사이를 걸어 작업실에 가면서 신세 한탄이 시작되려는 찰나, 곽민정 선수의 말이 생각나면 묘하게 위로가 되더라. 알고 보면 수많은 예술가와 작가 또한 노잼 인생을 살고 있을지 몰라. 우리 번역가들뿐만이 아닐 거야!

오늘 할당량을 마치고 아이들 저녁 차려줄 때까지 중세 배경 게임이나 셜록 홈스 게임을 하고 있는 번역가 엄마를 상상하니 엉뚱하고 귀엽다. 나는 10월 20일 NBA 개막 날짜를 다이어리에 적어두고 손꼽아 기다리고 있어. NBA만 시작하면 심심함, 지루함, 외로움과도 모두 안녕일 거야.

2021년 10월 1일

책을 사랑하는
가장 지독한 방식

책의 탄생을

함께하는 꿈

편지 잘 받았어. 이번 편지 읽으면서 너는 내 사정 이해해주는 것 같아 어쩐지 눈물이 핑 돌더라. 내가 다리 다친 뒤로 감성이 촉촉해졌는지 요새 자주 울긴 해. 주로 (깁스가) "무거워!" "답답해!" "벗고 싶어!" "이거 왜 안 벗겨져!" 하고 소리 지르면서 울지만.

그리고 그 전(9월 25일)에 받은 편지에서, 번역을 마쳤는데 출간되지 못한 책 이야기도 정말 재미있었어. 어떻게 그렇게 재미있는 책들이 세상에 반짝이는 표지를 달고 나오지 못하고 하드 드라이브 구석에서 먼지를 쓰고 있을 수 있니! 세상에 정의가 없구나. 어떻게든 원고를 활용할 방법이 없을까, 전자책이라도 출간하는 방법은 없을까 그런 생각을 해보다가, 책이 나왔더라도 "나 같은 메이저리그, 논픽션, 미국 문화 팬이라는 흔치 않은 조합의 독자에게 몇 년에 한 번 대출되다가 지하

서고로 퇴출되고" 말았을 거라는 네 냉정한 자평을 읽고는 나도 같이 씁쓸하게 웃었다. 솔직히 우리 취향이 메이저는 아냐, 그렇지?

아무튼 내가 언젠가 보낸 편지에서 좋아하는 책 이야기를 하겠다고 했으니, 내 취향 이야기를 해볼게. 내가 좋아하는 책의 키워드들을 떠올려봤는데 이런 것들이 생각난다.

#미스터리 #탐정 #역사 #빅토리아시대 #소설 #고딕 #중세 #판타지 #신화 #색 #회화 #고전일러스트 #전래동화 #헌책 #책 #서점 #도서관 #사전 #백과사전 #언어 #수학 #요리 #빵…….

이런 주제의 책이라면 나도 모르게 마음이 열려버리고 책 욕심이 무럭무럭 솟지. 너의 키워드에는 페미니즘, 패션, 스포츠가 들어 있겠지? (어쩐지 내 리스트는 누가 보기에도 내향인(I)이고 네 것은 외향인(E) 리스트일 것 같다.)

물론 이런 분야의 책만 번역하겠다고 마음먹고 그런 일이 들어올 때까지 기다렸다면 아마 손 놓고 놀아야 할 때가 많았을 거야. 그렇다고 내가 적극적으로 기획해서 출간 제안을 하기도 쉽지 않고. 열거한 주제들이 잘나가는 메이저 주제들도 아닌데다가 사실 시장 반응이 괜찮으리라고 예측되는 책들은 내가 읽어보고 어쩌고 하기 전에, 이미 저작권이 팔렸을 가능성이 높으니까. 그래서 출판사 쪽에서 먼저 제안하는 책 중에서 일정을 맞출 수 있고 관심이 가고 재미있는 책이나, 작업하면서 뭔가 배울 수 있는 책은 대체로 수락하는 편이야.

그런데 어쩌다가 진짜 욕심나는 책을 만나게 되면, 이렇게 수동적으로 짜놓은 일정을 원망하게 되더라. 특히 아쉬웠을 때는 내가 아주 좋아하는 예술 에세이를 쓴 작가의 신작을 의뢰받았는데 일정이 차 있어서 고사해야만 할 때였어. 지금쯤 다른 좋은 짝을 만나서 그 번역가의 손에서 근사하게 번역되고 있겠지. 책이 나오면 나는 닥치고 감사하는 마음으로 사서 읽겠지만 책이 너무 좋으면 조금 질투도 날 테지. 아, 나는 (원래 리스트를 만들기를 좋아하긴 하지만) 일정이 안 맞아서 못 한 책을 죽 적은 '신 포도 리스트'도 만들어놨어. '내 것이 될 수도 있던 책'이 어떻게 번역되어 어떻게 세상에 나오는지 지켜보려고 말이야. 책이 나오면 잠시나마 인연이 스친 책이라 마음속으로 응원하기도 하고 또 놓친 책이기 때문에 아쉬워하기도 하고 그래. 온라인 서점의 판매 지수를 보면서 내가 놓쳐서 아깝게 생각한 정도와 실제 판매량 사이에 상관관계가 있는지 확인해보기도 하고. 지금까지 살펴본 바로는 대략 역상관관계가 있는 것 같다. (그래, 솔직히 내 취향이 메이저는 아니지.)

며칠 전에도 또 욕심이 나는 책을 만났어. 잘 모르는 출판사 대표님이 작업 의뢰 메일을 보냈는데, 내가 좋아하는 일러스트레이터에 관한 책인 거야. 책에 그림이 많다고 하시길래 '텍스트 양이 적으면 책과 책 사이 틈에 끼워 넣을 수도 있겠다! 저 아름다운 책을 내 것으로 만들고 싶다!' 하는 욕심에 일정이 안 되는데도 하고 싶다고, 책을 보여달라고 했네(전자 원고가 없는 옛날 책이었어). 처음 연락을 주고받은 조심스러운 사이인데도, 내가 다리를 다쳐서 멀리 갈 수가 없으니 집 근처로 와주십사 청해야 했지. 흔쾌히 바로 다음 날 와주셔서 집 앞 카페에서 만났는데, 막상 책을 보니까 텍스트 양이 적지가 않은 거야. 최소 두 달은 잡아야 할 분량이더라고. 눈물을 머금고 못 하겠다고 이실직고했지. 그런데 이야기를 나누다 보니 나하고 책 취향이 상당히 비슷한 분이더라. 그래서 내가 "보여드리고 싶은 책이 있는데요! 요 앞이 저희 집인데 가실래요?" 하고 초면에 집으로까지 초대해서 책 자랑을 했어. 자랑한 책들 중 한 권에 특히 감탄하시더니 출간 검토를 하겠다고 빌려 가셔서 헛걸음하시게 한 게 좀 덜 미안했네.

얼마 전에 아글라야 페터라니가 쓰고 배수아 번역가가 번역한 《아이는 왜 폴렌타 속에서 끓는가》를 읽었어. 자기 언어를 갖지 못한 아이를 서술자로 삼아 투박하고 몽당하면서 시적인 언어로 들려주는 작가의 어린 시절 이야기인데, 아찔하게 아프고 기묘하게 아름답더라고. 글을 읽을 때는 행복하다가 눈이 글을 떠나는 순간 글이 내 밖으로 빠져나가면서 고통이 느껴지는 그런 종류의 글이었어. 그런데 이 책을 (나에게) 완벽한 책으로 만들어준 것은 배수아 번역가가 쓴 책 뒤쪽의 '옮긴이의 글'인 것 같아. 이 글은 배수아 번역가가 베를린에서 어떤 도서관장과 책에 관한 이야기를 나누는 것으로 시작하는데(나는 배수아 번역가의 자리에 나를 대입해보고 윌리 웡카를 만난 찰리의 심정이 된다), 이 도서관장은 배수아 번역가의 말에 따르면 "광범위한 취향의 독자가 아니거나, 시대에 뒤떨어진 독자"일 수도 있는, 그러니까 나름의 희한한 키워드들을 가졌을 법한 인물일 뿐 아니라, "내가 무엇을 읽고 싶어 하는지에 대해서는 가장 잘 아는 사람"이라는 거야! 그런데 도서관장이 이

것은 당신을 위한 책일지도 모른다는 생각이 든다면서 꺼내준 책이 《아이는 왜 폴렌타 속에서 끓는가》였어. 너무 완벽하게 아름다운 이야기라 차라리 사실이 아니었으면 하는 생각이 들더라. 배수아 번역가는 이 책을 출간하려고 출판사 두 군데를 접촉했으나 긍정적인 답변을 얻지 못했다고 해. 훌륭한 번역가일 뿐 아니라 이름난 소설가기도 한 배수아 번역가가 고른 책도 거절을 당할 수 있다는 게 처음에는 놀라웠지만, 검색을 해보니 아글라야 페터라니가 거의 알려지지 않은 작가고 다른 나라 말로 번역 소개된 적도 별로 없어서 그랬을 수도 있겠다 싶더라.

어쨌든 그 이야기는 번역가들이 꿈꾸는 완벽한 이야기였어. 바벨의 도서관을 헤매다가 귀인을 만나서 혹은 정말 우연히 운명처럼 어떤 책을 손에 쥔다. 바깥세상에는 알려지지 않은 책, 아무도 존재를 모르는 책, 아무도 읽지 않은 책이지만, 나에게는 내가 찾던 바로 그 책이고, 내가 쓰고 싶던 책이고, 내가 우리말로 다시 쓰고 싶은 책이다. 나와 같이 그 책을 만들어보겠다는 사람을 찾기는 힘들었지만, 우여곡절 끝에 출간하겠다는 출판사가 나타난다. 번역하는 과정은 늘 그러듯 행복하면서 고통스럽다. 내가 좋아하는 책을 옮긴다는 행복,

느낌과 의미와 감정이 제대로 옮겨지는 건지, 이걸 담으려다 저걸 놓치고 만 건 아닌지 하는 의심과 함께 찾아오는 고통. 어쨌든 시간이 흐르고 책이 나오고, 놀랍게도 많지는 않지만 그 책을 좋아하는 독자가 있다. 책이 사랑을 받는다.

이게 내 마음속에, 아마 모든 번역가의 마음속에 있는 단 하나의, 궁극의 소망이 아닐까 싶어. 내가 찾아낸 책을 내가 한국어로 옮기고 그 책을 좋아하는 독자들을 만난다는 것. 그런 경험을 한 배수아 번역가가 너무나 부러웠고, 또 책이 태어난 장소에 가 있을 수 있다는 것도 부러웠어(배수아 번역가는 베를린 인근의 호숫가 마을에 살고 있다고 하네). 나는 외국 생활을 해본 경험이 전혀 없어서, 특히 공간적 배경이 중요한 책을 번역할 때에는 그 공간을 내가 직접 경험하지 못했다는 한계를 뼈저리게 느껴. 그나마 요새는 구글 스트리트맵도 있고 인터넷에서 사진과 동영상도 찾아볼 수 있어서 일부 간접 체험이 가능하기는 하지만, 상상하는 것과 실제로 겪는 것은 전혀 다르겠지. 뉴욕에서 벌어진 살인 사건에 관한 논픽션을 번역할 때, 런던의 풀럼 지역을 배경으로 한 소설을 번역할 때, 파리 6구를 산책하며 쓴 에세이를 번역할 때, 그 거리를 걸어보고 싶다는 생각이 자꾸만 들더라.

10년쯤 전에 혼자 미국 서부로 여행을 간 적이 있는데, 샌프란시스코에서 일주일 정도 지내면서 공공도서관, 서점, 헌책방을 많이 다녔어. 그때 운명 같은 책을 발견하지는 못했지만 재미있는 책을 몇 권 읽었고 몇 권은 사왔지. 좀 더 오래 머물렀으면 《아이는 왜 폴렌타 속에서 끓는가》 같은 책을 만날 수 있었을까? 아직 이루지 못했지만 언젠가는 이루고 싶은 꿈이야.

2021년 10월 7일

옮긴이의 이름을 기억하다

너의 편지는 항상 아름답지만 이번 편지는 특별히 더 그렇게 느껴졌어. 읽진 않았지만 아니 에르노의 《단순한 열정》이라는 소설 제목을 자주 접했는데 너를 주인공으로 한 소설이라면 '고요한 열정'이라는 제목이 어울리지 않을까 싶어.

나도 내가 번역했거나 관심 갖고 찾아 읽는 책들의 키워드를 만들어봤다.

#페미니즘 #스포츠 #인종주의 #젠더 #패션 #유머 #서점 #미국문화 #스탠드업코미디 #인권동화책 #고백록 #도메스틱스릴러 #스티븐킹 #알코올중독 #우울증 #거식증 #조울증 #자살

갑자기 환한 테라스에서 어두컴컴한 지하실로 들

어가는 느낌이네. 넷플릭스에서 마약 중독 다큐멘터리를 워낙 많이 봐서 애더럴, 암페타민, 코데인, 옥시코신 이런 단어에 얼마나 익숙한지. 또 중독이나 우울증에 관한 책은 대부분 찾아 읽는지라 캐럴라인 냅의 책들은 지금처럼 사랑을 받기 훨씬 전부터 탐독했어. 어쩌면 나한테도 중독에 취약한 기질이 있는데 현실에선 자제하고 책 속에서 극한까지 가는 사람들을 보며 대리 만족을 하는 건 아닐까 싶어.

몇 년 전에 어떤 책을 읽다가 "담배를 사러 가지 않기 위해 쇠사슬로 자기 다리를 집안 기둥에 묶어놓은 여자"의 책이 인용되었는데 그 이미지를 잊을 수가 없더라. 그래서 아마존에서 그 책을 찾아 킨들에 다운받아 읽어봤는데 예상보다 더 흥미로운 거야. 아니 "지독했다"가 맞겠지. 어차피 번역이 안 될 테니 마지막 반전도 밝히자면, 쇠사슬로 자신을 묶어놓으면서까지 담배를 끊겠다고 결심한 작가가 이 책을 집필하는 내내 담배를 하루에 한 갑씩 피웠다는 거야. 마침 담뱃값이 오르고 사람들이 금연을 부르짖던 시기라 니코틴 중독에 관한 책도 나오면 괜찮겠다 싶어서 딱 한 군데 출판사에 말해봤는데 거절당했지. 작년에는 내가 즐겨 듣는 팟캐스트 〈모던 러브Modern Love〉에서 방송된 에세이를 모아놓은 선집을 샘플 번역해서 출판사에 문의해봤는데 아무래도 에세이 모음집은 판매 실적이 저조해 어렵겠다고 하더라.

가끔 아마존을 샅샅이 뒤져 기획한 책을 번역하는 번역가들이 있긴 하지만 워낙 품도 많이 들고 출판사가 계약할 확률도 낮으니 신인 번역가들에게 그 방식을 추천하긴 꺼려져. 나도 보통은 의뢰가 들어오는 책 중에서 흥미가 생기거나 일정에 맞는 책을 번역하고, 탐나는 책을 어쩔 수 없이 고사하게 되면 훌륭한 번역가에게 번역되어 나오길 기대해. 그리고 출간되면 얼른 번역가 이름부터 보고, 그 책이 베스트셀러나 스테디셀러가 되면 일정에 끼워 넣을 걸 그랬나 후회하기도 하지. 우리도 이럴진대 〈오징어 게임〉에 출연을 고사한 배우가 있다면 얼마나 땅을 치고 후회하려나 싶다.

배수아 번역가는 항상 부럽고 멋지고 고맙기도 하지. 현지에서 살면서 숨겨진 작가의 훌륭한 작품을 운명처럼 발견한 후 한국 독자에게 소개하는 건 번역가의 궁극적인 로망이 맞지.

최근에 내가 사랑에 빠진 책도 번역가가 그렇게 발견한 책이었기에 더욱 특별하고 낭만적으로 느껴졌어. 앨런 러스브리저의 《다시, 피아노》를 번역한 이석호 번역가는 이 책을 동네 공립도서관에서 찾았대. 원래는 경영학과를 졸업했지만 클래식 음악 관련 일을 하다가 뒤늦게 미국에서 음악 공부를 시작하고 번역도 하게 되었나 봐. 유학 중에 40대나 50대에 악기에 도전하는 사람들의 책을 다수 읽었지만 이 책을 읽고는 보물을 발견했다는 걸 직감했대. 저자는 쇼팽의 〈발라드 1번〉에 도전하는 아마추어 피아니스트인데 《가디언》 편집국장이다 보니 대니얼 바렌보임이나 콘돌리자 라이스 등 유명인뿐만 아니라 주변의 평범한 사람들에게 쇼팽 발라드와 취미로서의 피아노 연주의 의미에 대해서 묻고 기록해. 그래서 정보와 영감이 훨씬 가득한 책이 되었어.

나도 뒤늦게 피아노를 취미로 삼은 1인으로 오늘도 쇼팽 〈녹턴 9-2번〉을 엉망진창으로 연주하고 작업실에 왔는데, 피아노 동호회 카페에 가보면 나처럼 중년에 체르니 100번부터 시작해 쇼팽 발라드나 베토벤 소나타에 도전하면서 환희와 좌절 사이를 오가는 사람들이 참으로 많거든. 우리 같은 늦깎이 악기 취미생들에게 이 책은 악보 바로 옆에 모셔두고 싶은 책이야. 책 귀퉁이를 접어놓다가 두 쪽에 한 번씩 접히는 바람에 아예 노란 색연필을 들고 그어가며 읽었지.

> 아시다시피 책상 앞에 앉아 생각하고 글을 쓰는 건 무척 고단하고 괴로운 일입니다. 그런데 책상에서 일어나 피아노 앞에 앉으면 '일상과는 다른 어딘가'로 순간 이동하는 느낌이 듭니다(…)제 몸과 손이 이렇게 느릿하게 발달해 나가는 과정을 보고 느끼는 것. 그게 어찌나 황홀하게 느껴지는지요.

번역가는 바그너, 스트라빈스키, 드보르자크 등 음악가들의 책을 번역해왔는데 음악 전공자이기도 하니까 번역이 정확하고 정교한데다 《다시, 피아노》 또한 쇼팽의 〈발라드 1번〉을 수백 번을 들으면서 번역했다니 더욱 신뢰가 가네. 이런 책을 발견하고 유려하게 번역해주어 독자로서 고마울 뿐이지.

번역이 잘된 책을 읽으면 그 책의 번역가 이름과 이력을 자연스럽게 기억하게 돼. 같은 업계 종사자의 본능일지도 모르지. 식당 사장님이 우연히 들른 식당에서 건강하고 맛있는 음식을 먹었을 때 몇 배 더 감탄하고 감사해하지 않을까? 이 맛을 내기 위해 어떤 재료와 수고가 들어갔을지 누구보다 잘 알 테니 말이야. 내가 만족스러운 독서 체험을 할 수 있게 된 건, 밤늦게까지 스탠드 불을 밝혀놓고 눈이 아플 때까지 검색을 하고 동의어 사전을 뒤진 번역가 덕분이다 싶어져. 이게 쉽게 나온 결과물이 아니란 걸 아니까.

너의 편지를 읽고 번역가와 여행에 대해서도 생각해봤어. 나의 첫 책《먹고사는 게 전부가 아닌 날도 있어서》에서 "번역은 여행과 병행할 수 없다"고 못을 박았는데 요즘엔 차츰 그 생각도 바뀌고 있어. SNS에서 본 한 번역가는 (아마도 출판 번역가는 아닌 듯했지만) 파리에서 한 달 이상 체류하면서 오전 10시부터 오후 3시까지 공유 사무실에서 번역하고 나와, 씩씩하게 파리 거리를 걸으며 저녁에는 무엇을 할까 고민하더라. 기간을 길게 잡는다면 글을 쓰거나 번역을 하면서 여행을 할 수도 있지 않을까. 단편소설이나 일러스트 책이라면 더 마음이 가볍겠지. 번역가 공경희 선생님 강연에서 선생님은 외국에 가게 될 때면 원서를 절대 짐으로 부치지 않고 가방에 넣어간다고 하셨는데, 여행을 가면서 번역할 책을 소지품 가방에 넣었다가 기내식을 기다리면서 책을 꺼내 읽어보는 나를 상상해보곤 해.

얼마 전 쉼보르스카의《검은 노래》를 번역한 최성은 폴란드어 전문 번역가의 인터뷰를 보니 "저는 번역을 할 때마다 여행을 떠난다고 생각해요"라고 하기에 기억해두었지. 물론 언어와 문화로의 여행이기도 하지만 공간 여행이기도 하잖아. 나 또한 여행을 많이 하지 않은 편이지만 왜 가끔 미국의 각 주와 도시, 영국과 프랑스와 아일랜드를 내 발로 걸은 사람처럼 느껴지는 걸까. 번역가란 기시감을 자주 느끼는 사람이 아닐까? 누가 프랑스 안시 이야기를 하면 《프랑스와 사랑에 빠지는 인문학 기행》을 번역하면서 안시 호수에 대해 번역하던 일이 선명하게 떠오르면서 내가 그 호수에서 배를 타고 노를 저은 것만 같은 기분이야. 필라델피아란 도시가 나오면 《말리와 말썽꾼들》의 저자 존 그로건처럼 로키 흉내를 내면서 미술관 입구까지 뛰어올라간 적이 있는 것만 같아. 이건 단순히 독서나 영화로 이국의 풍광과 문화를 경험한 것과는 다른 차원인 듯한데, 번역할 때만은 우리도 저자의 눈이 되어 세상을 보고 감정에도 깊이 이입하니까 우리 정신세계 어딘가에 깊숙이 각인되어버리나 봐.

그래도 언젠가는! 우리도 다른 모든 이의 소망처럼 이 시기가 지나가면, 또한 우리 아이들이 청소년에서 청년이 되었을 때, 따끈따끈한 원서 한 권 품고 여행을 떠날 기회가 있을지도 몰라. 너도 네가 번역한 책 제목처럼 '도시를 걷는 여자들'의 한 명이 되어 파리 골목을 쏘다니게 되길. 아니면 안개가 자욱한 런던 거리를 걷다가 코난 도일과 애거사 크리스티의 책에 나온 장소들을 방문해볼 수 있게 되길 바란다.

2021년 10월 18일

내가 길들인 ‘강아지’들

요새 나는 1년 전의 나를 원망하면서 참회의 날을 보내고 있어. 그때 내가 무슨 번역 권태기 같은 걸 겪고 있던 걸까? 뭔가 새로운 것, 지금까지 안 해본 것을 해보고 싶다는 생각을 한 것 같아. 마침 그럴 때 시집 번역을 의뢰받은 거야. 시는 '번역 불가능'의 영역에 속한다는 것, 그래서 번역 시집이 많지 않고 널리 읽히지도 않는다는 건 나도 알지. 그런데 한 번도 안 해본 것이라는 이유로 한번 해보고 싶다는 무모한 생각이 들더라.

몇 년 전에 스티븐 킹 등 작가 33명이 자신에게 '가장 큰 영향과 영감을 준 문장'이라는 주제로 쓴 글을 모은 책을 번역했어(《이 문장은, 내 삶을 완전히 바꾸어놓았다》라는 제목으로 나왔어). 그 가운데 레슬리 제이미슨이 앤 카슨의 시를 들면서 쓴 글이 있어. 거기 인용된 앤 카슨의 〈유리 에세이〉 일부를 번역하면서 작은 기쁨을 느낀 좋은 기억이 있거든. 시인이 시어를 고를 때 그러듯이 나도 정성스레 단어를 골랐고 단어의 뜻뿐 아니라 소리와 형태까지도 고민해 글을 이루는 과정에서 '내가 정말 번역을 하고 있구나' 하는 생각이 들었어.

결과물이 만족스러워서 기분이 좋았던 건 아냐. 말했듯이 시는 번역이 불가능하니까. 말이 되게 만들려는 노력에 시의 형태와 리듬과 소리가 강력하게 저항하는 게 느껴졌어. 어쩌면 시의 창조적이면서 파괴적인 언어적 충동과, 언제나 어디에 목줄로 묶인 채 움직일 수밖에 없는 번역 행위는 본질적으로 모순을 일으킬 수밖에 없는 것 같기도 하다. 그렇지만 시라는 특별한 언어를, 고도로 직조된 글을 섬세하게 만지는 게 행복했던 것 같아. 젠가에서 블록을 하나씩 빼내어 다시 탑을 멋지게 쌓는 느낌이랄까! (그러다 와르르 무너지기 십상이란 생각은 안 했나 봐.) 어쨌든 그래서, 시집 번역이라는 프로젝트를 별 고민도 안 하고 덥석 받아들였지 뭐야. 1년 후의 내가 손으로는 아름다운 시어를 옮기면서 입으로는 구시렁구시렁 욕설을 내뱉게 될 줄도 모르고.

이 정도로 어려울 줄은 몰랐거든. 일단 원문인 시를 이해해야 한국어로 옮길 텐데 거기서부터 너무 어려운 거야. 시라는 것이 맥락 없이 언어의 뼈를 깎고 다듬고 비틀어 언어적 관습을 깨뜨리며, 위태하게 쌓은 구조물이다 보니 자신 있게 해석이 안 되더라. 한국어로 쓴 시를 읽을 때도 무슨 뜻이라고 확실히 말하기 어려운 건 마찬가지니까 각오한 일이긴 한데, 이 시는 그것에 더해 장애물이 두 가지 더 있었어. 나의 모든 문제를 해결해줄 거라 믿은 사전과 검색으로 해결이 되지 않는 문제였지.

내가 번역하기로 한 책은 시인 앨리스 오스월드가 영국 데번에 있는 다트강을 중심 소재로 삼아서 쓴 시 한 편으로 된 시집이야. 그런데 사전에 나오지 않는 데번 지역 사투리를 썼더라고. 표제어가 가장 많은 〈옥스퍼드 잉글리시 딕셔너리〉에도 안 나오고 인터넷 검색으로도 해결이 안 되어서 하는 수 없이 《데번 사투리 사전A Dictionary of Devon Dialect》 중고 책을 한 권 찾아 주문했어. 애리조나 투산에 있는 중고서적상한테 샀는데 코로나19 유행 때문에 국제우편이 지연되지는 않을지, 과연 언제나 도착할지 모르겠다. 100쪽밖에 안 되는 얇은 사전에 내가 찾는 어휘들이 몇 개나 있을지도 의문이고.

그리고 또 한 가지 장애물은 어이없게도 철자 오류였어. 시라서 편집 과정에서 철자 확인도 안 하고 그냥 낸 걸까? 오류가 상당히 많더라고. 'baler'라는 단어가 나왔는데 온갖 사전을 다 뒤졌지만 '건초 베일 만드는 기계'라는 뜻 하나밖에 안 나오는 거야. 강 위에서 그런 기계를 쓸 리가 없잖아? 그래서 이렇게 저렇게 검색해보다가 구글신 덕에 'bailer'라는 단어를 찾게 되었어. 배에 물이 들어왔을 때 퍼내는 바가지를 가리키는 말이래. 그 자리에 딱 들어맞았지. 그런데 그 정도 오타는 애교였네. 이번에는 'yooker'라는 단어가 나왔는데 세상 어디에서도 단 한 건도 매치가 안 되더라고. 앞뒤 단어와 조합해서 검색해보다가 마침내 'euchre'*를 소리 나는 대로 쓴 것임을 깨달았어. 이건 철자가 비슷하지도 않잖아. 이 정도면 난이도 최상일 듯.

번역하다가 도무지 무슨 뜻인지 알 수 없는 부분이 나오면, 요새는 다들 SNS 한 가지 정도는 하니까 트위터나 페이스북에서 저자를 찾아 메시지를 보내서 물어보기도 하잖아. 그런데 이 시인은 온라인에서 흔적을 도통 찾을 수가 없더라. 인터넷에서 시인이 다트강 근처 '다팅턴 홀'이라는 저택에서 정원사로 일한다는 사

* 카드 게임의 일종

실은 알게 되었어. 〈심은자불우尋隱者不遇〉**라는 시가 떠오르더군. (이건 다른 이야기인데 대저택의 정원사라니 이거 꿈의 직업이잖아? 나 장래희망을 이걸로 바꿨어. 전에는 코츠월드 유기농 농장 일꾼이었는데. 《소의 비밀스러운 삶》*** 참조.) 이번에는 인터넷에서 앨리스 오스월드 대신 다팅턴 홀을 검색해봤는데 과연 여기 인터넷이 될까 싶은 고색창연한 고저택이더라. 연락이 닿더라도 시인에게 시 해석을 물어보는 게 어쩌면 실례인지 모르겠다 싶기도 하고. 시인은 자기 시에 단정적인 해석을 내리기를 꺼릴 것 같아. 에이드리언 리치는 "시는 꿈과 같아서 우리는 시 안에 스스로 안다는 사실조차 모르는 것을 집어넣는다"라고 했으니까. 그래도 사전에 안 나오는 단어 뜻이라도 좀 알려주면 좋긴 하겠지만…….

작업을 하면서 메리앤 무어의 〈시Poetry〉**** 라는

** '은자를 찾았으나 만나지 못하고' 라는 뜻으로, 당나라 시인 가도의 시 제목.

*** 영국 코츠월드에 있는 농장에서 소를 키우는 농부 로저먼드 영이 쓴 책. 읽다 보면 그냥 거기에서 소를 키우며 살고 싶어진다.

**** 메리앤 무어는 이 시를 여러 번 고쳐 썼는데 여기에 인용한 것은 가장 짧은 1967년 버전이다.

시를 자꾸 떠올렸어.

> 나도, 그것을 싫어한다.
>
> 그것을, 그렇지만, 완벽한 경멸의 마음으로 읽으면, 그것 안에서, 결국, 진정한 것의 자리를 찾게 된다.

사실 해석이 어렵다고 투덜대기도 하고 검색이 안 되는 단어들이 줄줄 나올 때 "이게 무슨 개소리야!" 하고 소리를 지를 때도 있지만, 번역하면서 가슴이 설렐 때도 있었어. 시 번역이 아니라면 언제 내가 "늙은 민들레가 숄을 풀어 흩뿌리고while an old dandelion unpicks her shawl", "한숨이 유리창 위에 파닥이는 유령을 남기듯이like a breath flutters its ghost across glass" 이런 글귀를 써보겠어. 이렇게 써놓고 비유가 적절해서, 이미지가 절묘해서 가슴이 살짝 떨렸다.

그리고 내가 이렇게 투덜거리는 건 지금이 작업 초반이라 그렇기도 할 거야. 난 보통 초벌 번역하듯 번역을 한 다음에 세 번 고쳐서 원고를 마무리하는데, 이 과정을 거치는 동안 원고에 대한 내 마음도 바뀌는 것 같아. 처음 원문을 한국어로 옮길 때는 이런 부분은 좀 마음에 안 들고, 이 부분은 좀 삐걱거리고, 이 부분은 좀 못 쓴 것 같고 이런 생각을 하면서 미워할 때도 있어. 그런데 세 번 다시 읽고 고치고 하다 보면 낯선 것은 사라지고 새록새록 재미가 생겨나기도 하고, 그러다 보면 내 마음에 쏙 드는 글이 되더라고. 길들여서 내 것으로 만들었기 때문이겠지.

번역은 그런 것이 아니라고 말하는 사람도 있다는 것 알아. 조재룡 번역가가 쓴《번역과 책의 처소들》에서 이런 글을 읽었어.

> [길들여진] 번역은 작품성을 희생하고 낯선 것을 거부하는 번역, 자기 정체성으로 타자를 부정하는 번역이자, 모국어의 잠재력을 일깨우는 작업을 포기한 대가로 통념을 반복하고 확인하는 번역이며, 미지를 저버리고 기지를 강화하는 번역이자 문학성을 포기한 번역일 뿐이다. 원작이 매우 특수한 형태의 저 무시무시한 괴물이라면 번역도 반드시 괴물이 되어야만 한다. 문학성과 특수성을 희생한 대가로 우리가 만나게 되는 것은 신비한 괴물이 아니라 길들여진 강아지일 뿐이며 이 강아지는 문학이 아니다.

내가 길들인 '강아지'들은 문학이 아니라니. 가슴이 아픈 말이었다. 그렇지만 번역가는 무엇보다도 읽을 수 있는 책을 내놓아야 하지 않나? 실제로 번역가들 중에 원문을 제대로 이해하지 못한 채로 글을 옮겨 억지스러운 결과물을 내놓고는 원문이 난해해서 그렇다고 주장하는 무책임한 사람이 얼마나 많나? 아니 그리고, 번역되지 않는 것(조재룡 번역가가 문학성이라고 부른 것), 문장의 특수한 구성이나 문체, 고유한 리듬이나 어휘의 독특한 사용, 이해의 자장을 벗어나 단일한 의미로 수렴되지 않는 것을 "길들이지 않고 그대로" 한 언어에서 다른 언어로 번역한다는 것이 가능한 일인가? 번역불가능성을 포함해 원문을 '온전하게' 옮길 수 있다는 생각은 환상이 아닌가? 게다가 책도 상품인데, 읽기 쉬운 에세이가 많이 팔리는 한편 번역서는 '어렵다'는 이유로 잘 읽히지 않는 요즘에, 번역서가 계속 낯선 야생성을 고집할 수 있나?

굳이 구분하자면 나는 "많이 길들이는" 쪽일 텐데 그래서 내가 지워버리는 부분도 분명히 있을 거고 그런 부분에 고민이 없는 건 아니야. 조재룡 번역가의 말에 동의 못 한다는 게 아니라, 나로서는 다른 방법을 모르겠다는 거야. 번역가에게는 저자에 대한 충실의 의무도 있지만 독자에 대한 의무도 있으니까.

그런가 하면, 이렇게 읽고 다시 쓰고 또 읽고 다시

쓰는 번역의 과정이, 글을 길들이는 것이기도 하지만 한 명의 독자이기도 한 내가 그 글이 되는 것이기도 하다는 생각이 들어. 내가 달라졌기 때문에 그 글이 내 마음에 쏙 드는 걸지도. 사랑한다는 것은 그런 것이니까. 나와 상대가 같이 변해가는 것. 어쩌면 번역은 어떤 책을 사랑하는 가장 지독한 방식일 수도 있겠다. 그렇다면 이 시집을 마치고 난 다음에 이런 말을 옮긴이 후기 삼아서 할 수도 있지 않을까.

내가 석 달 동안 진지하게 사랑하고 사무쳤던 책이, 여기에. 이 책은 필연적으로 나를 조금 닮았겠지만, 나도 이제 이 책을 조금 닮았다. 독자들도 이 책을 읽을 때 조금 책을 닮아갈 것이다. 그렇게 낯선 우리는 서로를 길들인다. 책은 우리의 공감을 확대하고 타자를 이해하는 방식이니까.

2021년 10월 23일

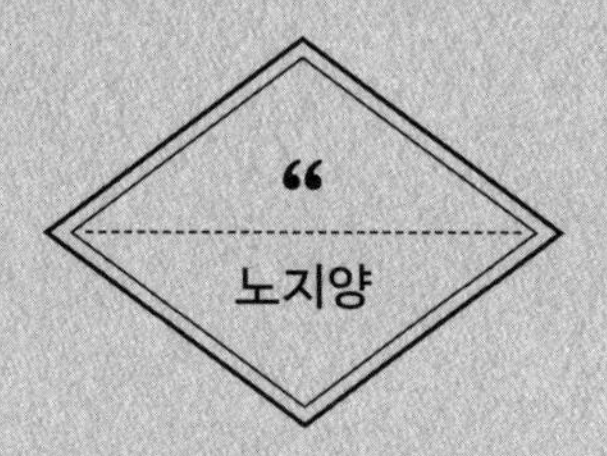

번아웃이 온 당신에게

시 번역이라는 무모하면서 위대한 도전을 한 너에게 위로와 박수를 보낸다. 《데번 사투리 사전》이라는 중고 책을 투산의 중고서적상에게 주문하다니 고고학자나 탐사 보도 기자 같아! 번역의 과정이 글을 길들이는 것이라는 말에는 동감해. 처음에는 서먹서먹하다가 헤어질 때가 되면 끈끈해지잖아. 나도 번역하며 "독자들이 두 번 읽게 하지 말자"는 목표를 세워두는데 그 과정에서 잔손이 참 많이 가지.

그나저나 시집 번역을 네가 아니면 누가 하겠나 싶고, 출간이 기대되면서도 한편으로는 혹시라도 예전에는 '슬럼프'라고 불렀던, 요즘 한참 유행하는 단어이며 '탈진', '소진'이라고 번역할 수 있는 '번아웃'이 오지 않을까도 걱정이 되는데, 왜냐면 내가 작년에 그 증상을 겪은 걸 근래에야 확신하게 되어서야. 그 당시에는 긴

가민가했어. 물론 상황이 남다르긴 했지.

2020년 초에 내용은 의미 있지만 난이도가 높은 책의 번역을 가까스로 마치고 지쳐 있던 와중에 10년 만에 이사를 하게 되었어. 묵은 짐을 버리느라 거짓말 아니고 100리터 쓰레기봉투 100개는 사용한 것 같다. 이리 뛰고 저리 뛰면서 이사를 마치고 나니 당연히 마감은 미루어졌고 하루 빨리 정신 바짝 차리고 번역에 집중해야 했지. 하지만 아침에 작업실이나 번역 생각만 해도 교도소에 끌려가는 파이퍼 채프먼*처럼 울고 싶어지는 거야. 마침 코로나19 사태가 심각해지면서 등교하지 않는 아이의 점심을 챙겨주어야 했고, 그 핑계로 작업실 출근을 점심 이후로 미루게 되었어.

원래 나의 오랜 루틴은 아이를 학교 보내고 집안일 해놓고 적어도 오전 11시에는 작업을 시작해 점심을 먹고, 오후 6시까지 일하다 퇴근하는 것이었는데, 출근 시간이 오후 1시나 2시가 되니 당연히 작업량은 줄어들고 진도는 형편없었지. 매일 오전에 농구 경기를 보면

* 평범한 중산층 여성이 마약 밀매 혐의로 뉴욕의 교도소에서 수감 생활을 하게 되는 드라마 〈오렌지 이즈 더 뉴 블랙〉의 주인공.

서 초조하게 시간 가는 걸 지켜보았어. 이 경기만 끝나고 가겠다고 결심했다가 다시 스마트폰과 함께 침대에 누워버렸지. 아니면 미드의 다음 편을 누르면서 자기혐오 버튼도 누르고 있다거나(그래도 어느 날 작업을 작파하고 본 아일랜드 배경의 드라마 〈노멀 피플〉은 재미있긴 했다). 그러다 보면 오후 3시가 되고 이제는 더 이상 물러날 수 없다고 느낄 때 선크림을 얼굴에 뭉개고 작업실로 나갔어. 평일 오후 3시는 도저히 집에 있을 수 없는 시간이더라. 사방이 고요하고, 집안일도 독서도 손에 안 잡히고, 억지로라도 일을 시작해야 그나마 불안감이 진정이 되는 시간인 거야.

그런데 더 큰 문제는 번역이 평소보다 몇 배나 어렵게 느껴지고, 문장 만들기가 유난히 버거워지고, 두뇌 기능도 떨어진다고 느끼는 거였어. 나의 번역가로서의 생명은 이렇게 끝나는 건가? 이렇게나 빨리? 속된 말로 벌써 '맛이 가버린' 걸까? 게으르고 무기력한 나에 대한 자책감도 상당했지. 운동은 꾸준히 하고 있었으니 특별히 아프지도 않으면서 매일 젖은 빨래처럼 축축 처져 있는 이 인간을 어쩌면 좋나 싶고. 당시 작업 일지는 거의 텅 비어 있지만 이 한마디 쓰여 있더라. "작업실에 제발 한 시간만 일찍 나오자."

하지만 슬럼프가 왔다 해서 한 달, 아니 일주일만이라도 일을 완전히 놓고 쉴 수 있을까. 일부 프리랜서들이 몇 년에 한 번씩은 안식년을 가진다는 이야기를 들으면 마냥 부럽지만, 일을 맡아놓은 번역가라면 원고를 목 빠지게 기다릴 편집자와 출판사의 일정을 생각해서라도 꾸역꾸역 해내야만 하잖아. 그리고 일을 성실하게 해도 수입이 최저임금에 가까운 마당에 양심이 있으면 원고지 몇 매라도 해야 한다 싶고. 이 세상에는 무슨 일이 있어도 출근하고 장사하고 배달하는 사람들이 있는데, 내가 우리 집에서 "빵을 식탁에 올려놓지put bread on the table 않는(한 가정의 기본 생활비를 버는 일이란 영어 표현인데 혼자 가끔 사용해)" 사람이라는 이유로 이렇게 징징거려도 되는가. 아무튼 오만가지 생각을 하면서 힘겹게 한 권 한 권 마무리했고 시간은 흘렀지.

작년 늦가을에 사보 편집 기자인 후배와 통화를 하면서 그랬네.

"나는 올해 일하기가 너무 싫어가지고. 셀프 번아웃 진단 내렸잖아."

"언니는 번아웃이었어요? 저는 셀프 공황장애였잖아요. 그런데 밀린 일이 다 끝나니까 거짓말처럼 공황장애도 사라진 거 있죠? 깔깔깔."

나도 그저 핑계였던 걸까? 밀레니얼 세대의 번아웃에 관한 앤 헬렌 피터슨의 《요즘 애들》에서는 좋아하는 일이라도 보상이 적으면 환멸을 느끼게 된다는 대목이 나오더라. 나 또한 15년 이상 일을 했지만 정체되거나 하락하는 수입에 대한 실망도 컸던 것 같아. 또 "아무리 일해도 결코 충분하지 않"고 "일하지 않는 매시간 돈은 잃고 있다"고 느끼는 프리랜서 특유의 죄책감도 있겠고.

그러나 소진되기 쉬운 프리랜서 번역가임을 고려해도 작년의 나는 확실히 늪에 빠져 있었던 것 같아. 올해 하반기부터 서서히 작업 속도가 빨라졌고. 한 달 전쯤 역자 교정을 하는데 그날따라 라디오에선 내가 사랑하는 노래들만 나오고 원고도 음악도 눈과 귀에 쏙쏙 들어오는 거야. 그때 나를 따스하게 감싸는 생각. "아, 좋다. 집중 잘된다. 이런 오후를 보낼 수 있어 행복하다."

나는 일을 싫어하는 사람도, 미루기 대장도, 천하의 게으름뱅이도 아니고, 총기가 급격히 떨어지고 번역 실력이 후퇴한 것도 아니었어. 더군다나 아직 은퇴할 때는 되지 않았잖아. 요즘에는 의욕적이고 생산성도 좋은 편이야. 일 관련 메일에 5분 만에 답장하고, 밤에는 역자 교정을 보기도 하고, 화이트보드에 일정을 적어놓고 하나하나 지우고 있어. 무엇보다 출근길이 즐겁고 그렇게 고대하던 NBA보다 일이 재미있을 때도 있네. (사실 요즘 응원하는 팀의 경기력이 최악이라서.)

그리고 오랜만에 새로 하게 될 책이 기대돼. 겨울 내내 이 책과 따뜻하게 보내고 싶어. 아마 너와의 편지도 작년 같은 마음 상태로 주고받았다면 푸념이 반 이상 차지했을지도 모르겠다. 생각해보니 대면 수업을 할 기회도 있었는데 답장을 늦게 해서 놓쳐버리기도 했구나. 올해 들어왔다면 멋지게 해냈을 거라고 상상해본다.

그래서 혹시라도 작년의 나 같은 증상을 겪고 있는 사람이 있다면 말해주고 싶어. 오래 일을 해온 사람은 언제든 닥칠 수 있는 상황이고 일을 완전히 놓을 수 없다면 줄여보라고. 하루 이틀 쉰다고 해서 온갖 부정적인 단어를 동원해 자신을 쓰레기로 묘사하진 말라고.

마지막으로 내가 좋아하는 주부의 '밥 지옥' 이야기로 마무리해볼까 해. 일명 '대삼치의 난.' 생선구이나 조림이 먹을 때가 된 것 같아 단골 생선 가게에 갔는데 남은 건 약 80센티미터 길이의 대형 삼치밖에 없더라. "생선도 클수록 맛이 있겠지, 해보자" 싶어서 무와 쑥갓과 함께 데리고 왔는데 펼쳐보니 장정 열 명은 먹일 분량인거야. 여기서 1차 멘털 브레이크다운이 왔지. 일부는 냉동실에 넣어놓고 우리 집에서 제일 큰 냄비에 끓이기 시작했는데 지름 20센티의 생선은 닭고기처럼 익지도 않고, 비린내는 심하고, 아이는 저녁 먹고 온다고 전화가 왔어.

그때 싱크대에 서 있는데 내가 그동안 밥 한 끼를 위해 해온 모든 노력들, 아침에 반찬 가게에서 반찬 주문하고 저녁에 새벽 배송 주문하고, 자전거 타고 밀키트 사오거나 코스트코까지도 다녀오고, 동네 마트에서 장보고 냉장고도 파먹고 배달시키고 테이크아웃 해오던 시간들이 주마등처럼 스쳐가면서 '이 짓거리도 더 이상 못하겠다' 싶은 거야. 모든 전략과 전술이 바닥나버린 장군의 전쟁 피로증이랄까.

결국 대식가 남편조차 다 먹지 못하고 반 이상 남긴 '왕삼치 무령왕릉'은 쓰레기통에 들어갔고, 그날 밤 심란한 마음으로 내일부터 또 매일 저녁을 어떻게 해결하며 살아가야 하나 싶어 긴 한숨을 쉬었지. 그런데 뭐 어쨌겠어. 다음 날부터 닭죽도 만들고 김치찌개도 끓이고 감바스도 해먹고, 익숙한 레시피를 돌려가며 그럭저럭 잘 먹고 살았지. 노력했는데 실패하기도 하고 기대 안 했는데 기쁜 일이 생기기도 하고, 오늘은 암담해 보였는데 다음 날이 되면 수월해지기도 하더라. 오늘 울었다고 해서 내일도 울라는 법은 없더라고.

네가 시집 번역을 무사히 마무리한 다음에도 무리하지 말고 너의 몸과 마음 상태를 잘 들여다보았으면 좋겠어. 절대로 자책하거나 원망하진 마. 네가 성실히 해왔다는 건 무엇보다 네가 잘 알잖아.

나도 되찾은 번역에 대한 애정과 안정적인 루틴이 제발 오래가길 바라. 그러기 위해서 주말에는 역자 교정은 잠시 미루어두고 이디스 워튼의 소설을 읽은 다음 선곡해둔 올드팝을 들으며 은행잎 양탄자가 깔린 길을 천천히 걸을까 해.

2021년 10월 29일

여자가 어떤 일을

하더라도

네 '밥 지옥' 이야기 덕에 한바탕 웃었다. 그런데 네가 사 온 생선 아무래도 규모로 보아 삼치가 아니라 참치인 것 같아. 네 가녀린 어깨로 거대 생선과 분투하는 모습을 떠올리다가 《노인과 바다》가 생각나더라.

진짜 날마다 하루 세 번씩 돌아오는 끼니가 시지프스의 바위처럼 끝이 없지 않니? 나도 낮에 한창 일하다가도 "저녁 뭐 먹나" 하는 생각이 떠오르면 학교에서 공부하고 집에 가서 또 숙제해야 하는 학생처럼 왠지 억울해져. 만약에 내가 프리랜서가 아니라 직장인이었다면 외주를 주든 어떻게든 밥 문제를 다르게 해결했을까? 하지만 결혼하면서부터 죽 나는 자유직이었고 남편은 야근이 유난히 많은 회사에 다녔기 때문에 집안일이 당연한 것처럼 내 몫이 되었어. 아이를 낳은 뒤에는 집안일도 하고 아이도 키우고 틈틈이 번역도 하는 3단

저글링을 했고. 이것도 저것도 제대로 못하고 정신만 피폐해지는 것 같을 때도 있었지. 그래도 나는 매인 데가 없는 자유직이고 출판 번역은 마감이 긴 편이라 어찌어찌 일과 육아를 같이 하면서 버틸 수 있던 것 같다. 적어도 아이가 아파서 어린이집에 못 가도 아이를 맡길 곳이 없어 발을 동동 구를 일은 없었으니까. 하지만 내가 자유직이라는 이유로, 온갖 위기 상황에 대처하는 사람은 당연히 언제나 남편이 아니라 나였어. 현실적으로 다른 방법이 없는데도 왜 나만 이 모든 걸 다 해야 하나 생각하며 억울해한 적도 많았다.

프리랜서는 말 그대로 프리하다고 생각하는 사람이 많아서 여기저기 거절 못 하고 불려 다니기도 한 것 같아. 심지어 친구들도 전화하면 늘 내가 집에 있으니 '일을 한다'고 생각 안 하더라. 원래 거절을 잘 못 하는 성격이라 웬만하면 시간을 냈는데, 한번은 도저히 이러다 보면 마감을 못 맞출 것 같아서 일이 밀려 어렵겠다고 하니까 친구가 깜짝 놀라면서 "무슨 일?" 하고 묻더라.

이런 일도 있어. 큰애가 초등학교 때인가 큰애 친구 아빠가 나한테 전화해서 아이가 아파서 병원에 가야 하는데 자기 부부는 직장에서 자리를 비울 수가 없는 상황이라고 대신 데려가 달라는 거야. 오늘 '억울하다'라는 말을 자주 쓰는데 그때도 뭔가 인정받지 못한다는 억울함을 느꼈다. 프리랜서의 시간이 마음대로 쓸 수 있는 자유로운, 공짜인free 시간 취급받는 게 답답하고 서운했지. 프리랜서야말로 시간과 돈을 맞바꾸는 사람인데. 회사에 가지 않고 하는 일은 아무래도 부업이나 아르바이트쯤으로 취급받는 건가 싶기도 했고.

사실 번역이 부업이나 아르바이트가 아니라 하나의 직업으로 인정받게 된 것도 얼마 안 된 일이긴 하다. 왜 우리 일은 이렇게 인정받기가 힘들었던 걸까. 일단 생계를 유지하기에 충분한 수입이 되지 않는다는 게 가장 큰 이유였을 것 같다. 나는 리스트 만들기를 좋아하니까 당연히 이 일을 처음 직업으로 생각하기 시작한 2002년부터 번역한 책의 작업 기간과 분량 등을 적어 놓은 리스트도 있어. 스프레드시트로 만들어서 일일 평균 작업량과 월수입 등도 계산하는데, 처음 몇 년 동안의 평균이 한 달에 120만 원 정도밖에 안 되더라. 아마 그러니까 친구들에게도 돈이 안 된다고 푸념을 했을 거고. 그래서 친구들도 내가 뭔가 '진짜 일'을 한다고는 생각을 못 하고 아무 때나 불러낸 것 같아.

사실 한국이 1996년 베른협약*에 가입하고 출판 환경이 크게 바뀌면서, 그때 번역가의 위상도 달라졌어야 하는 건데 그 과정이 좀 더디게 이루어진 것 같아. 베른협약 가입 이전에 독점 저작권 계약이 필요 없을 때는, '어떤 외서를 한국에 내야겠다' 하면 먼저 내는 사람이 일단 먹고 들어갈 테니 번역을 최대한 빨리해야 했겠지. 날림 번역도 많았고 표지에 번역가 이름이 없거나 아니면 실제 번역가와 표지에 적힌 번역가의 이름이 다른 경우도 (내가 처음으로 번역한 책 세 권도 그랬지만) 많았잖아. 옛날에는 번역서를 읽으면 부연 안개 속을 헤매는 것처럼 도무지 무슨 소리를 하는 건지 알 수 없을 때가 많던 기억이 난다.

사실 그런 책들 가운데 나한테 매우 중대한 영향을 미친 책도 있어. 우리 영문과 다닐 때 20세기 미국 소설 수업에서 토니 모리슨의 《빌러비드》를 읽었잖아. 그 책이 나에게는 정말 충격이었고, 대학원에 가서 문학 공부를 하고 싶다는 생각이 들었던 것도 그 책 때문이었

* 저작권에 관한 국제 조약이다. 베른협약에 가입하기 전에는 한국에서 외서를 번역 출간할 때 독점 저작권 계약을 맺을 필요가 없었다.

어. 그런데 재미있게도 내가 번역을 할 수도 있겠다는 생각을 처음 한 것도 그 책 때문이었다니까. 20세기 미국 소설 수업을 신청하고 수업 계획서에 《빌러비드》가 있길래 '번역본으로 먼저 읽고 영어로 읽으면 더 쉽겠지' 싶어서 번역본을 샀어. 그때 내가 산 책이 토니 모리슨이 1993년인가 노벨문학상을 받으면서 한국 출판사에서 저작권 계약 없이 급하게 번역해서 낸 책이 아니었을까 싶다.

그 책에서 주인공인 세세가 아기를 낳는데 엄청난 난산이거든. 번역본에서 그 대목을 읽는데 옆에서 출산을 거들던 사람이 세세에게 "너는 그걸 밤새 만들어"라고 되풀이해서 말하는 거야. 애 낳다가 죽게 생겼는데 뭘 자꾸 만들라는 건지. 그래서 원서에서 그 부분을 찾아봤더니 "You make it through the night"이더라. "이 밤만 버텨라" 뭐 그런 말이잖아. 그걸 보면서 나는 '아, 이런 사람도 번역을 하는데, 나도 할 수 있겠다' 그런 생각을 처음 했어. 번역이라는 게 이렇듯 아무나 하는(경시되는) 일이며, 그렇단 사실이 나에게도 독이 되리란 사실은 몰랐지. 그때 번역의 위상이 그러했기 때문에 내가 진입 장벽 없이 쉽게 번역 일을 시작할 수 있기도 했지만, 뒤집어보면 출판사에서 번역 품질에 별 신경을 안 썼다는 뜻이기도 하니까. 20년, 30년 전에 번역이란 일이 어떤 취급을 받았는지 생각해보면 요즘에 우리가 이렇게 번역에 관한 책도 쓰고, 여기저기에서 번역을 주제로 강연을 해달라는 요청을 받기도 하는 게 정말 신기하기도 하다.

나는 직업 선택에 돈이 절대적인 기준이 될 수 없다고 주장하긴(자위하긴) 하지만, 내가 버는 돈이 이 사회에서 내가 하는 일의 가치를 나타내는 지표라는 사실을 무시할 수는 없잖아. 예전에 우리 아이들이 어려서 베이비시터에게 아이들을 맡길 때는 내가 버는 돈하고 베이비시터 비용이 큰 차이가 없었기 때문에, 하루에도 몇 번씩 이게 맞나 하는 생각을 하지 않을 수가 없었어. 아이가 아침에 엄마한테서 떨어지기 싫다고 울기라도 하면 마음이 이루 말할 수 없이 괴로웠어. 내가 몇 푼이나 번다고 싫다는 아이를 억지로 떼어놓나 생각하면서 죄책감을 느꼈지. 아이들이 좀 커서 어린이집에 다닐 때는 경제적 부담은 줄었지만, 아이들이 감기라도 걸리면 하던 일을 놓고 마냥 스케줄을 미뤄야 했고.

작은애가 네 살 때인가 어린이집에 머릿니가 돈 적이 있다. 어린이집에서 작은애가 머릿니가 옮았으니 집에 데려가라고 전화가 와서, 일하다 말고 어린이집에 가서 아이 데리고 나와 약국에서 머릿니 샴푸를 사서 집으로 왔어. 내가 아이를 특별히 더럽게 키운 것도 아닌데 어쩐지 수치스러운 기분이 들더라. 그날은 머리 감기고 침구 삶고 하느라 하루를 다 보냈고 다음 날엔가 다시 어린이집에 보냈는데, 책상에 앉자마자 어린이집에서 또 전화가 온 거야. 머리에서 이가 다시 나왔다고. 그때는 이상하게 분노가 솟구치더라. 미용실에 데려가서 아이 머리를 동자승처럼 싹 밀어버렸어. 그러면 이제 다시는 이가 옮지 않겠지 하면서.

내가 자유직이 아니라 직장인이었다면 아마 못 버티고 두 손 들었을 거야. 자유직이라 힘든 점도 많지만, 그래도 일과 육아를 양립시키는 게 절대 불가능한 지경까지는 가지 않았으니까. 아까 이야기한 큰애 친구의 아빠가 나한테 어려운 부탁을 할 수밖에 없던 사정도 이해가 가.

어린이집에서 이런 일도 있었다. 우리 아이들이 다니던 어린이집의 선생님들 중 한 분이, 아이가 열이 나는데도 결근을 할 수가 없어 어쩔 수 없이 아이를 어린이집에 맡기고 출근하셨어. 그런데 알고 보니 아이가 뇌염에 걸린 거였어. 그 뒤로 몇 달 동안 아직 아이가 깨어나지 못했다는 이야기만 간간이 듣다가 연락이 끊기고 말았다. 정말 비통하고 충격적인 일이었어. 그 선생님이 우리 아이들을 돌보는 동안 선생님의 아이는 제대로 돌봄을 받지 못했다는 게 얼마나 불합리한 일인가 싶었고. 죄인이 된 기분이었다. 돌봄을 누군가에게 전가한다는 것에 죄책감을 갖지 않기가 가능할까 싶기도 했고.

그래도 그때 일을 놓지 않고 계속했기 때문에 경력이 끊어지지 않고 지금까지 이 일을 할 수 있는 거겠지. 요즘 《우리 죽은 자들이 깨어날 때》에서 에이드리언 리치가 "부분적으로는 피로 때문에, 분노가 억눌리고 자신의 존재와 접촉을 상실한 여성의 피로 때문에, 또 부분적으로는 타인이 끊임없이 없었던 일로 되돌려놓는 소소한 집안일, 허드렛일, 어린아이들의 끝없는 요구를 보살피는 일에 몰두해야 하는 여성의 단절적 삶 때문에, 글을 거의 쓰지 못했다"라고 하는 대목을 읽고 있어. 억눌린 분노, 자신의 존재와 접촉 상실. 일을 놓아버렸다면 우리에게도 필연적으로 그런 일들이 일어났을 거야. 그래서 지금 생각하면 불가능하게 보이는 시간을 버텼던 거지. 내가 돌봐야 하는 식구들이 커리어에는 핸디캡일지라도 삶에서는 부스터가 되어주었기 때문에 그 힘으로 버틴 것 같기도 하다.

다음 세대의 여자들은 그러지 않았으면 좋겠다. 일하면서 아기를 낳고 키우는 게 위태한 저글링이 되지 않을 수 있으면 좋겠다는 생각을 해본다. 아니면 여자가 어떤 삶을 선택하더라도 죄책감이나 패배 의식을 느끼지 않을 수 있게 되거나. 과연 어떻게 그게 가능할까. 노동 강도를 낮추는 게 최우선일 것 같은데 어떤 대통령 후보는 주 120시간을 일해야 한다고 하니, 갈 길이 먼 것 같지.

2021년 11월 13일

보이지 않을 뿐,
사라지지 않은

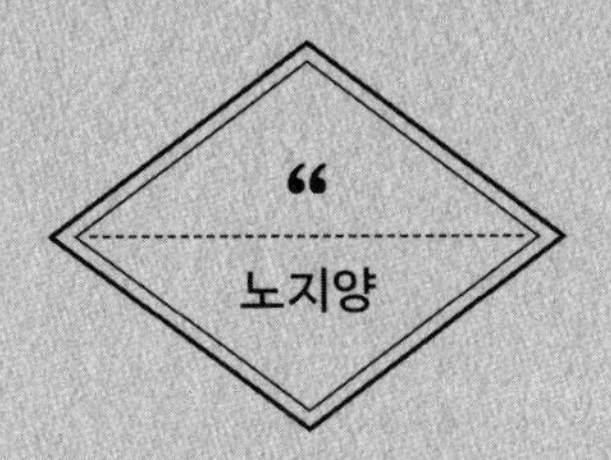

그 책을 번역하지 못한 이유

번역서를 볼 때 부연 안개 속을 헤매는 것 같았다는 너의 말과《빌러비드》이야기가 나오니 우리의 영문과 시절이 소환되는구나. 1~2학년 때는 원서 해석도 버거워서 시험 기간만 되면 아이들이 열심히 번역본을 찾아다녔지. 번역본을 복사한 두툼한 뭉치를 원서와 같이 옆구리에 끼고 다녀보지만 얼마 안 가 다들 한 목소리로 외쳤지. "도저히 못 읽겠다. 한국어인데 무슨 말인지 모르겠어. 번역본이 더 이상해. 차라리 원서가 더 이해가 잘 돼." 그 시절 일부 번역서는 영어도 한국어도 아닌 영어와 한국어를 혼용한 이상한 나라의 외계어 같았다고나 할까. '한영어'라고 부르는 아이도 있었어. 서서히 아이들의 품에서 그 두툼한 복사본이 사라지기 시작하고 결국 모두 사전을 뒤져가며 원서에 코를 박고 있었지. 고학년이 되면서 고전문학 작품 속 영어에 익숙해져 작품은 원어로 읽고 한국어로 된 논문이나 비평서를 찾아 보았던 것 같아.

내 기억으로는 대학교 4학년 1학기 '19세기 영소설 II' 시간에 샬롯 브론테의 《제인 에어》와 토머스 하디의 《이름 없는 주드》를 읽은 것 같다. 그때 《제인 에어》를 공부하면서 주체적인 여성이 주인공인 소설에 깊은 감명을 받았고, 도서관을 헤매다가 내 '인생 책'이라고 할 수 있는 그 책을 발견한 거야. 샬롯 브론테의 후기작으로 《제인 에어》보다는 덜 유명하지만 숨겨진 명작이며 지금까지 내가 사용하는 모든 아이디의 모태가 된 《빌레트》였어.

창비 출판사에서 나온 작은 판형으로 상·중·하로 나누어졌고 도서관 가장 아래 칸 구석에 있던, 아마 빌려간 사람은 나뿐인 것 같은 이 책을 단숨에 읽고 "이건 적어도 나에겐 세상에서 가장 아름답고 고귀한 소설이야"라며 중얼거렸지.

주인공은 가족도 재산도 없는 독신 여성 루시 스노로, "불친절한 운명이 내린 가혹한 시련" 속에서 내면에서 우러난 소리 "빌레트로 가라"를 들어. 빌레트는 가상의 도시지만 벨기에의 브뤼셀을 모델로 했다고 하네. 루시는 친구에게 이름만 들어본 베끄 부인의 학교로 찾아가 채용을 부탁하고 영어 교사로 근무하게 되면서 본격적인 이야기가 시작되지. 나는 가난하고 독립적이고 이지적이고 예민하고 열등감과 우월감이 혼합되어 있고, 고독을 사랑하며 언제나 멀리서 사람들을 관찰하는 이 루시 스노와 나를 완전히 동일시해버렸어. 사실은 서울 부모님 집에 살면서 사립대학교 영문과에 다니는 내가 루시 스노와 같은 처지라고 할 수는 없었지만, 문학과 사랑에 빠진 나는 루시의 불안과 슬픔과 애착과 실망과 의지를 남김없이 빨아들였고 루시의 말과 생각이라면 접속사와 조사까지도 이해할 수 있을 것 같았어.

그리고 내 곁에는 나와 똑같은 책을 읽고 놀랍도록 똑같은 생각을 하는 친구가 한 명, 딱 한 명 있었지. 나보다 한 살 어린, 동아리 후배던 그 친구와 나는 처음 보자마자 서로에게 호감을 느꼈고 대학교 내내 틈만 나면 붙어 다녔지. 그 친구도 내성적인 문학도이자 캠퍼스 부적응자이자 자발적 외톨이었거든. 우리는 서로를 만나면 멸종위기종인 동류를 발견한 것처럼 눈을 반짝반짝 빛냈고 곧 팔짱을 끼고 걸으며 수다를 떨기 시작했어. 3박 4일 동안 해도 모자랄 이야기를 집에 가기 전에 털어놓기 위해 얼마나 바빴는지.

그리고 그 친구와 《빌레트》 이야기를 하다가 언젠가부터 우리 스스로를 '루시'라고 칭하기 시작했단다. 그러니까 우울하고 상념 많고 복잡하고 우리만의 쓸쓸한 섬에 살고 남학생들에게 인기 없는 여자들. 루시는 훤칠한 키에 그리스인 같은 턱을 가진 다정한 외과의사 존 그레이엄 브래튼을 연모하지만 존은 루시를 중성적인 친구로만 대하고 한 백작의 깜찍하고 순수한 딸, 폴리나(폴리)와 사랑에 빠져 결혼하게 되거든. 루시는 존과 폴리 부부를 보며 생각하지. "그렇다. 그런 행복도 있다. 어떤 사람들은 실제로 며칠이나 몇 년간 천상의 행복을 미리 맛본다. (…)그리고 이런 사람들은 자연이 선별한 조화롭고 친절한 사람들일 경우도 종종 있다." 친구와 나는 캠퍼스 곳곳을 채우던, 그 예쁘고 당당하고 패셔너블하고 단순 명쾌하고 사람을 몰고 다니는 여학생들을 폴리라고 부르기 시작했지. 우리는 '루저 루시', 그들은 '위너 폴리.' 그렇게 자조적인 농담도 섞어가면서 말이야. 그리고 루시가 그랬듯이 우리 주변의 여인들을 멀리서 관찰하고 묘사하고 난 다음 매일 쏟아져 나오는 우리만의 내적 갈등과 고민들을 털어놓았지.

그 친구는 나에게만 특별하진 않았어. 나는 그 친구

에게 '똑똑하고 외로운 여인들의 친구'라는 별명을 붙여주었다. 사람들의 아픔을 발견하고 그들의 말을 진심으로 경청하고 그 사람 내면의 보석을 끌어내는 능력이 그렇게까지 탁월한 사람을 나는 아직까지도 못 만났어. 나는 그 친구 앞에서 나조차도 알지 못한, 더 나은 내가 될 수 있었어.

친구는 신학과 문학을 전공했고 교사가 되려다가 출판사 편집자로 취직을 했다. 그러다 미국으로 떠났고 영어를 공부하게 되면서 그 친구도 번역가가 된 거야! 역시 루시들은 번역가가 될 운명인가! 내가 결혼해 육아와 씨름하면서 번역할 때도, 친구는 미국에서 한국어를 가르치며 번역할 때도 우리는 시간을 맞추어 몇 시간 동안이나 통화하곤 했지.

그 친구는 마치 천직을 발견한 것처럼 번역을 즐겁게 했고 번역서가 한국에 연달아 나왔어. 그리고 그 친구가 번역한 몇 권의 번역서는 그 친구 추도 예배의 단상 옆에 놓여 있었어. 나는 신이 어떤 천사들을 너무 사랑해서 일찍 데려간다고 생각해. 그들의 맑은 영혼은 이 강퍅하고 속물적인 세상과 어울리지 않으니까. 천국이나 지옥이나 내세를 믿지 않지만 이 친구를 언젠가 다시 만날 수 있을 거란 소망은 품고 있어. 이건 비밀인데

이 친구의 기일이 되면 이 친구가 슬며시 나를 찾아온다고 믿는다. 전혀 두렵거나 무섭지는 않으니 19세기 고딕소설의 설정과는 다르겠지?

고전문학 작품들이 새롭게 번역 출간되는 게 트렌드던 몇 년 전에 샬롯 브론테의 《빌레트》를 내가 번역할 기회도 있었다. '빌레트가 빌레트를 번역하다니! 이건 운명이야. 한 번쯤 내게 올 줄 알았어'라고도 생각했지만 조건과 일정이 안 맞았고, 내가 자신이 없어서 고사했어. 내가 1990년대에 읽은 세 권짜리 창비 출판사 책은 2020년에 개정판 《빌레뜨》 1, 2권으로 나왔고, 조애리 교수(번역가)의 번역이 고전적이면서도 섬세한 느낌을 잘 살려서 지금 읽어도 참 좋은 것 같아.

가끔은 아무리 사랑하는 책이라고 해도 직접 번역을 하면 책에 애증을 갖게 되기도 하잖니. 멀리서 보면 한없이 훌륭한 사람이지만 같이 살거나 오랜 시간을 같이 보내면 환상이 깨지는 것처럼 말이야. 아니 이 작품이 환상을 깰 리는 없고, 내 번역 실력의 한계를 실감하게 되거나 작품을 망치게 될까 봐 두려웠어.

그저 《빌레트》는 내가 스물네 살 때 순수하게 사랑했던 책, 지금까지도 내 아이디에 흔적이 남아 있는 책이고, 나의 자아가 형성되던 청년기에 열렬하게, 아니 지금도 사랑하는 친구를 떠올릴 수 있는, 첫사랑처럼 아련한 추억이 새겨진 책이라는 데 만족할래.

실은 사연이 또 하나 있다. 요즘에 번역하는 책은 번역 계약을 하기 전에 검토를 먼저 했는데 검토하면서 이 저자의 전작 중에 한국에 번역된 책이 있는지 궁금해서 찾아보니 딱 한 권 나와 있고, 내가 사랑하는 이 친구의 번역이더라. 번역을 마치고 책이 출간되면 이 친구와 내 이름이 나란히 놓이게 될까? 도서관에서는 저자별로 진열을 하니까 말이야. 이 또한 신기한 인연이지? 번역 시작 전에 친구의 번역서를 빌려보고 싶었는데 혹시라도 번역서 안에서 친구의 말투나 문체나 느낌이 한 번이라도 나온다면 많이 울 것 같아서 아직 못했어. 갑자기 궁금해진다. 번역서에도 번역가의 어조나 문장의 개성이 아주 조금은, 1만 분의 1이라도 묻어날까? 그렇지 않은, 원문의 결만을 살린 번역이 훌륭한 번역인 걸까?

한별, 너는 네 인생에 특별한 영향을 미친 친구가 있니? 너도 20대 때부터 지금까지 많은 외롭고 똑똑한 여인들에게 특별한 친구였을 거라 생각하는데. 언젠가 네가 쓴 글에서 대학교 캠퍼스의 긴 대로를 걸을 때 외롭고 막막했다는 문장을 봤고, 똑같은 길을 걸으며 같은 감정을 느꼈던 내가 보였어. 우리 그때는 반이 달라서 친하지 않아 몰랐지만 그때 만났다면 어떤 대화를 나누었을지, 서로를 어떻게 바라보았을지 궁금해. 우리는 같은 부류였을까? 그렇다면 너도 번역가가 된 루시일까?

2021년 11월 23일

‘그녀’에서 ‘녀’를 지우다

네 편지를 읽으면 위안이 되기도 하고 "맞아, 나도 그래!" 하면서 하고 싶은 이야기도 막 떠오르는데, 이번 편지를 받고는 한참 멍하게 있었다. 사랑하는 사람을 잃은 아픔은 감히 달래려하지 못할 것 같다. 그래도 나한테 그런 이야기를 해줘서 고맙다. 대학교 때 영혼의 친구를, 인생의 책을 만날 수 있던 건 운 좋은 일일 거야. 우리가 대학교에 가면서 시작된 삶이 빌레트에서 루시가 헤쳐나가야 했던 삶과 비슷했다는 네 말도 무슨 뜻인지 알아. 고등학생 때까지는 학교와 집 사이만 왔다 갔다 하다가 성인이 된 후에는 내가 갈 곳을 개척해야 하고 누구를 만나고 어울릴지 스스로 결정해야 했는데, 나는 너무나 미숙했고 루시처럼 똑똑하지도 못해서 어리석은 실수를 되풀이했나 봐. 어디에 가도 어색하고 불편했고 내 자리를 찾을 수가 없었고, 상처도 많이 받았어. (그때 너를 만났어야 하는데!)

나도 너처럼 소설 속에서 나하고 비슷한 이야기를 찾고 싶었지만 그런 책을 찾기가 쉽지는 않더라. 소설 발생기의 주요 작품으로 꼽히는 새뮤얼 리처드슨의 《클라리사》는 한 여자를 가스라이팅해서 서서히 죽게 만드는, 무려 1534쪽짜리 소설이라 생각만 해도 숨이 막혀(그런데 변태적인 이유에서 내가 꽤 좋아하는 작품이긴 해). 이른바 영문학 '정전' 가운데 가끔 관습적인 여자가 되지 않겠다고 하는 인물이 나오는 작품도 있긴 했지. 그런데 《데이지 밀러》의 데이지 밀러나 《기쁨의 집》의 릴리 바트 같은 인물에 마음을 주고 응원하다 보면 왜 끝부분에 가서 허무하게 죽어버리는 거니. "자기 의견을 갖는 여자가 세상에 멀쩡하게 존재할 수 있다고 생각했나요? 그건 있을 수 없는 일입니다"라고 못 박는 것처럼.

책 좀 읽는다는 남자 선배들이 솔 벨로와 존 업다이크 등 '현대' 작품을 권해주기도 했지만 나는 잘 모르겠더라고. 어떤 책들을 보면서 남들처럼 감동하지 못하는 까닭이 내가 어디가 부족해서가 아니라 거기에서 내 이야기를 찾지 못했기 때문이란 것, 아니 작가들이 나 같은 여자들의 이야기를 하지 않으려 했기 때문이란 건 한참 뒤에야 안 것 같아.

한국문학은 또 어땠게. 고등학교 국어 시간에 김동인의 〈광화사〉를 배우며 설명할 수 없는 괴상한 감정을 느낀 게 아직도 잊히지 않는다. 어떤 화가가 앞을 못 보는 아름다운 여자를 모델로 미인도를 그리다가 욕정을 참지 못하고 여자를 강간해. 그런데 뒤에, 순수하기만 하던 여자의 표정에 애욕이 어리기 시작해 화가가 찾는 이미지가 나오지 않자 화가는 화가 나서 여자를 죽이고 말아. 그때는 무슨 감정을 느껴야 할지 몰라 그냥 마음에 충격만 남았지만, 지금은 그게 분노여야 했다는 걸 알지. 부디 지금은 학교에서 그런 작품을 가르치지 않기만을 바랄 뿐이야.

우리가 영문과에 다니던 도중에 과 역사상 처음으로(!) 여자 선생님이 교수로 임용되었잖아(영문과 학생 중에서 70퍼센트에서 80퍼센트는 여학생이었는데 그전까지는 여자 교수가 한 명도 없었다니). 그때 그 교수님이 개설한 첫 번째 교양 수업이 '여성과 문학'이었어. 그 수업을 들으면서 영문학에서 아직 완전히 정전으로 취급받지 못하던 메리 셸리의 《프랑켄슈타인》을 읽고, 페미니즘 문학에 관심이 생겨 우연히 코니 윌리스의 단편소설을 처음으로 읽은 뒤 전율했던 게 생각나. 여자들도 이야기를 하고 있었는데, 다만 우리가 듣지 않았을, 못했을 뿐이라는 걸 알게 되었지. 내 이야기를 하는 책을 만나고 사랑할 수 있게 되는 게 얼마나 행복한 일인지도 느꼈고.

지금은 분명히 그때보다 더 다양한 이야기들을 읽을 수 있게 되었지만 무슨 작품을 어떻게 읽을지에 대한 고민은 끝이 날 수 없는 것 같다. 우리가 고전이라고 부르는 책들은 성적·인종적·계급적 관점에서 볼 때 지뢰밭이나 다름없지만, 그렇다고 그 작품들을 이제 시대에 맞지 않는다고 폐기해야 하나? 지금의 눈으로 보면 불편한 구석이 많을지라도, 어릴 때 읽고 감동받고 아름다움을 느낀 책들을 다 갖다버리고 싶지는 않으니, 이 모순적 감정을 어떻게 해야 할까. 어쩌면 누구나 아는 익숙한 이야기를 다시 읽어나가면서 내 이야기가 아니던 것을 내 이야기로 만들 수도 있지 않을까. 새로운 시각으로 읽고 억눌린 목소리에 귀 기울이다 보면 또 다른 이야기들이 새로 무한히 만들어질 테니까. (아무리 그래도 〈광화사〉는 안 돼. 그냥 버려야 돼.)

'텍스트와 독자 사이의 중재자로서 번역가는 어떤 역할을 해야 할까' 하는 생각도 하지 않을 수 없네. 번역하다가 가끔 인물이 너무 납작하게 그려진 건 아닌가, 차별적인 묘사 아닌가, 이런 생각이 들면 내 잘못이 아닌데도 책임감이 느껴져. 내용을 아예 바꿀 수는 없으니, 번역의 가동 범위 안에서 조금이라도 누그러뜨리려고 애를 쓴다. 누군가를 차별하거나 소외시키는 말은 안 쓰려고 하는데 무심코 혹은 몰라서 저지른 실수가 없지는 않겠지.

얼마 전에 달라진 성인지 감수성 기준을 반영해 책을 개정하는 움직임이 있다는 기사를 읽은 적이 있어. 《유진과 유진》의 이금이 작가가 낡은 생각이나 성차별적 표현, 성 역할에 대한 편견이 담긴 표현을 고친 개정판을 냈다고 해. 또 이 기사에 따르면 열린책들 출판사에서는 책을 새로 찍을 때마다 '처녀작', '여류 작가', '계집애' 등 비칭, 멸칭을 수정하는 게 원칙이래. 1993년 한국에 출간된 제임스 미치너의 《소설》에서 남편이 아내에게 반말을 하고 아내는 남편에게 존댓말을 쓰게 번역한 대화문도 전부 수정했다고 하네.

이분법적 성별 구분도 이제 점점 낡은 관념이 되어가니, 영어에서 3인칭 단수 대명사로 'he'나 'she' 대신에 'they'를 쓰자는 움직임이 있다고 하더라. 프랑스에서는 3인칭 남성 단수 대명사인 'il'과 여성 단수 대명사 'elle'을 합해서 만든 'eil'을 내세운다고 하고. 나는 3인칭 대명사는 원래 잘 안 쓰지만, '여류 작가', '여의사', '여선생'처럼 남성형을 기본으로 삼아 여성형을 파생시킨 단어들은 이제 될 수 있으면 쓰지 않기로 마음먹었어. 그런데 그러다 보니 성별 정보가 사라지는 문제가 생기기도 하더라고.

애나 번스의 《밀크맨》을 번역할 때 그런 일이 있었어. 그 소설의 특징 가운데 하나가 등장인물들의 이름이 없는 거거든? '가운데 언니', '셋째 형부', '가장 오래된 친구', '아무도 사랑하지 않는 남자' 이런 식으로 모든 인물을 고유명사 없이 지칭해. 그 가운데 '프랑스어 선생님'이 있는데, 원문에서는 'she'라는 인칭대명사로 가리키니까 여자라는 걸 알 수 있었지. 그런데 나는 '여선생'도 기피하지만 '그녀'도 극단적 문어체 글이 아닌 이상 안 쓰거든. 그래서 고민이 되었지. 내가 임의로 정보 하나를 삭제하는 셈이니까. 그렇지만 프랑스어 선생님이 남자든 여자든 그게 작품에서 핵심적 요소나 결정적 차이가 되지는 않다고 결론을 내리고, 그냥 성별 정보를 명시하지 않는 쪽을 택했어. 번역본을 읽는 사람은 프랑스어 선생님을 남자로 상상할 수도, 여자로 상상할 수도 있을 거야. 이런 내 결정에 동의 안 할 사람도 있겠지만.

얼마 전에는 지넷 윈터슨이 쓴 《12 바이트12 Bytes》를 읽는데 이런 문장이 나왔어. “I was trying to conduct a love affair with a cool New Yorker living in London(나는 런던에 사는 멋진 뉴욕 사람과 연애를 해보려고 하고 있었다).” 이 뉴요커는 여자였지만, 그 뒤에 이어지는 이야기를 성중립 단어만 써서 번역한다면 지넷 윈터슨의 성지향을 잘 모르는 사람은 일반적 편견에 따라 남자라고 생각하겠지. 의도치 않게 동성 애인의 존재를 지워버리는 결과가 되고 마는 거잖아. 이런 경우라면 어떻게든 성별 정보를 제공하는 방법을 고민할 것 같다. 번역과 관련된 문제가 대부분 그렇듯 이것도 깔끔한 원칙이나 기준이 있을 수 없는 듯해. 그러니 끝없이 고민해야겠지. 어쩌면 내가 어릴 때 (너에게 《빌레트》가 그랬던 것처럼) ‘내 소설’이라고 할 수 있는 책을 찾지 못한 까닭이, 번역에 그런 고민이 부족하던 것(남녀 사이에서 여자가 무조건 남자에게 존댓말을 쓴다든가)과 관련이 있는지도 모르는 일이니까.

2021년 12월 4일

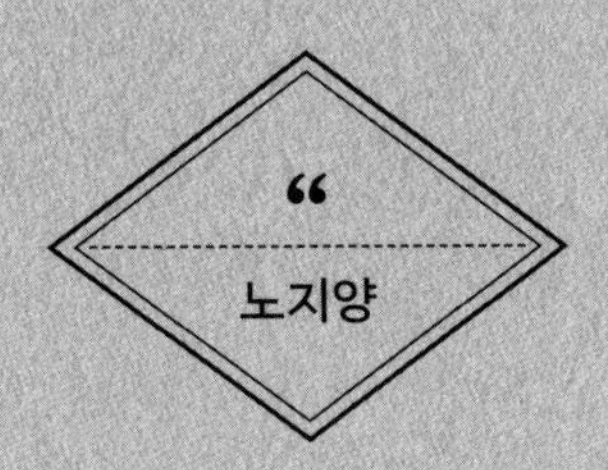

심장으로 옮긴 문장

대학생 때 코니 윌리스의 단편소설을 읽고 전율을 했다니 그 시절부터 이미 번역가의 자질이 충분했구나.

나는 얼마 전에 19~20세기 영미 여성 작가 단편선 《실크 스타킹 한 켤레》에 실린 소설들을 읽고 설레서 밤에 잠을 못 이룰 정도였어. 그러면서 《파리 대왕》 대신에 이런 소설들을 읽으면서 영문과를 다녔다면 어땠을까 싶어지는 거야. 왜 필독 도서 목록에는 케이트 쇼팽의 《각성》이라든가 베티 프리단의 《여성성의 신화》가 없었을까? 그래도 지금은 현대 여성 작가들의 목소리를 가장 먼저 들을 수 있으니 감사하지.

나는 2019년에 번역한 제마 하틀리의 《남자들은 항상 나를 잔소리하게 만든다》에서 처음 대명사 'they'를 접했어. 저자가 논바이너리 트랜스젠더와 인터뷰를 했는데, 저자가 그 한 명을 'their'나 'them'으로 지칭해서 처음에는 편집이 잘못된 줄 알았다니까. 그 뒤로 번역한 아이리스 고틀립의 《뷰티풀 젠더》에서 언어도 인간의 발명품이고 언어도 진화하니 성중립적인 단어도 점차 익숙해질 거라 했는데, 실제로 진보 언론이나 리얼리티쇼를 보면 일상 대화에서도 자리 잡아가는 것처럼 보여. 나는 페미니즘 책을 번역하면서 자연스럽게 인종주의에 관한 책이나 내용을 접하는데 2019년에 나온 이제오마 울루오의 《인종 토크》라는 책에서 "black and brown people"이라는 문구가 나올 때마다 난감했지. '흑인과 갈색인'이라고 할 수도 없고 '흑인과 갈색 피부의 사람'이라 길게 풀어 쓰면서 사람을 피부색으로 분류하는 언어와 문화 자체에 분노가 일었어. 도대체 피부색이 인간의 본질과 얼마나 큰 상관관계가 있다고 이렇게까지 거대한 편견과 차별과 고통의 원천이 되어야 하는 걸까. 한국의 남녀차별 현상을 관찰하면서 미국의 구조적 인종주의systemic racism와 비교해보기도 해. 또 번역하면서 자주 만난 개념인 '특권previlege'을 떠올리면서 어리광 부리지 않고 시야를 넓히려고 노력은 해. 내가 번역가가 아니었다면 여성·노동·인종 문제에 지금보다 무지하고 의식 수준도 낮았을 거야.

다음 책을 위해서는 뇌를 비워야 하기 때문에 번역

가가 사람들의 예상만큼 지적인 사람은 아니지만, 그야말로 새로운 문물과 사상을 가장 먼저 접한다는 건 이 직업의 큰 장점 중에 하나라고 생각해. 예전에 "번역가는 쓸데없는 지식을 너무 많이 알게 되는데 정말 쓸데없다"라는 김명남 번역가의 인터뷰를 보고 웃었는데, 다방면에 호기심이 많은 사람이라면 매일 소소한 발견 속에서 즐거움을 길어 올릴 수 있을 거야. 방구석 탐험가라고나 할까.

오늘은 내 하루를 조금 자세하게 보여주면서 번역가의 루틴에 대해서 이야기를 해볼까 봐. 아침에 요가를 하고 소시지 빵과 녹차 쿠키를 사서 바로 작업실에 왔어. 아침 햇살이 강해서 블라인드에 스킨답서스와 홍콩야자와 트리안의 그림자가 어른거리네. 블라인드를 걷고 화분들에게 물을 충분히 줬지. 컴퓨터를 켜고 비밀번호를 입력하고 한글 파일과 인터넷 창을 연 다음 라디오를 켰어. 먼저 메일을 확인하고 답장 보낼 일이 있으면 보내. 라디오는 보통 광고가 없는 93.1 채널 고정인데 클래식이라고 반드시 귀가 편안하지만은 않잖아. 가끔은 왜 이런 난해한 음악을 굳이 참으면서 듣고 있는지 의식하게 될 때 옆 채널로 옮겨 올드팝을 들어. 크리스토퍼 크로스나 휘트니 휴스턴의 노래가 나오면

눈치 볼 사람도 없으니 아는 가사 부분만 목청껏 따라 부르지. 라디오는 계절과 어울리는 음악을 알아서 틀어 주기 때문에 〈사계〉는 항상 챙겨 듣고 가을에는 슈베르트와 슈만의 가곡, 12월에는 수십 가지 버전의 캐럴과 함께하네. 어느 날 저녁에 조성진이 연주한 쇼팽 발라드가 나올 때 그 음악을 배경으로 작업실을 동영상으로 찍어보기도 했어.

새 원고를 시작할 때면 먼저 한글 파일의 서식 버튼을 누른 뒤 문단 들여쓰기를 하고 줄 간격을 170 퍼센트로 바꿔. 한동안 서울한강체를 썼는데 요즘에는 명조체가 단정하니 마음에 들더라. 예전에는 일이 안 되면 폰트를 다운받거나 바꿔보기도 했는데 폰트를 바꾼다고 못난이 글이 갑자기 예뻐 보이지는 않으니 소용없다는 결론에 도달했어. 한글 파일을 열고 바로 일이 되면 좋겠지만 아무래도 예열 시간이 필요하지. 각종 SNS를 들락날락하다가 (내 번역서에서 만난 표현대로) “80대 할머니가 주일 예배에 가는 것과 같은 속도로” 느릿느릿 시작해. 점심 먹을 때까지 혹은 쉴 때까지 어느 정도 목표를 세워놓아야 그나마 진도가 나가는 듯해. 점심은 대체로는 집에서 혼자 먹어. 두뇌 쓰는 일을 하려면 절대 라면이나 식빵 같은 걸로 때우면 안 된다는 걸 명심하자. 라면 먹었다가 문장도 라면발처럼 꼬이는 경험을 한 이후로는 평일 낮에는 잘 안 먹으려고 해. 나는 한식을 좋아하기 때문에 어제 저녁 먹고 남겨 놓은 국과 반찬 한 가지와 김치만 있으면 만찬이야. 반찬이 없으면 김치볶음밥을 해먹거나 귀찮으면 밥에 계란 프라이, 깍두기, 고추장을 넣고 들기름을 주르륵 뿌려 비벼 먹는데, 가끔은 초라하기도 하고 점심 약속이 있었으면 하는 날도 있지만, 농구를 보면서 혼자 밥 먹고 있으면 호사스럽다고 생각될 만큼 마음도 편하고 거의 모든 음식이 맛있더라.

다시 작업실에 오는데 오후 두세 시에는 시간이 안 가다가 4시부터 퇴근 전 6시까지 두 시간 동안 바짝 그날 해야 할 일의 반 이상은 해. 5시 프로그램인 〈FM 풍류 마을〉에서 국악이 나오면 거의 집에 갈 시간이 되었다는 뜻이지. 6시, 때로는 그 전에 컴퓨터 전원을 끄고 캄캄한 작업실을 향해 속으로 '안녕'이라고 중얼거린 다음 터덜터덜 집으로 걸어가지. 이렇게 말하니까 고요하고 평화로운 생활을 영위하는 우아한 번역가의 하루 같구나.

사실은 며칠 전에 내 번역 역사상 가장 높은 원고료를 지급하는 번역 프로젝트를 한 건 맡게 되었어. 메일과 원고를 받고 은밀한 기쁨을 느끼며 동네 한 바퀴를 산책했어. “18년 가까이 일하다 보니 이런 일도 생기는구나” 하면서 말이야. 몇 년 전에 《나쁜 페미니스트》 덕분에 200쪽 책 번역료만큼의 돈이 들어온 적이 있는데 한국문학예술저작권협회 저작권료였어. 대학교 수업에서 자료로 쓰였다고 하더라고. 최근에도 저작권협회에서 소액이 입금되었는데 번역서였는지 내 에세이였는지 확인해봐야겠어. 프리랜서라면 계약서뿐만 아니라 저작권 문제에 대해서도 관심을 기울여야 할까 봐. 아무튼 그때와 같은 기분으로 “역시 일은 배신을 안 한다. 오늘도 화이팅” 하면서 작업실에 돌아왔지.

일을 시작하려는데 편집자한테 메일이 하나 와 있더라. 이미 몇 번의 역자 교정을 마친 책에 관해서였어. 자세히 말하면 또다시 마음이 아프기 때문에 “편집자와 의견이 안 맞는 부분이 일부 있었다” 정도로만 요약할게. 내가 심장으로 번역했다고 할 만큼 애착이 가는 문장이 있는데 편집자가 한 단어를 수정했고, 내 의견을 피력해보았지만 편집부의 생각을 바꿀 순 없었어.

이게 나의 글이었다면, 원문이 없었다면 이렇지 않았겠지. 그래, 편집자가 고른 단어와 문장이 더 원문에 충실하고 정확할 수 있겠지. 별 수 있나 싶으면서도 눈물도 나오고 한숨도 나오고, 허공에 대고 따져보기도 했다. 그 와중에 "번역가는 굳이 스스로 학대하지 않아도 남들이 알아서 학대를 해준다"는 정명목 번역가의 말이 왜 생각나던지.

그런데 아직 오후 2시밖에 안 되었기 때문에 집에 갈 수도 없어서 그냥 앉아서 다른 책의 번역을 했어. 서서히 마음이 가라앉더라. 그날 저녁에 일기 쓰면서 조금 울긴 했지만 다음 날 또다시 번역하면서 많이 털어냈고 생각보다 아주 빨리 회복되었다. 연인과 헤어지고 바로 만난 사람을 영어로 '리바운드rebound relationship'라고 하면서(요즘 말로 '환승 연애'인가) 마음이 허전해서 급히 새로운 사람을 만나는 건 위험하다고 하잖아. 그런데 일은 일로 잊어야 해. 일로 덮어버려야 해. 그건 아주 건강한 방법이야.

내가 번역한 책이 출간되거나 독자들에게 사랑을 받을 때도 기쁘지만 역시 번역이나 집필 의뢰가 들어오면 그날 하루는 웃으며 보내게 되더라. 우리에게 메일을 보내는 편집자들은 거의 모두 문장력이 좋고 예의도 바르잖니. 내 번역서나 책을 읽고 어떤 점이 좋아 의뢰를 하게 되었다는 메일을 받으면, 작은 사랑 고백을 받은 것마냥 기뻐져. 나를 찾는 사람이 있다는 것, 오로지 내 노력과 성과로 인정받는다는 것. 그 사실이 나를 조금은 기특해하라고, 자기 학대 같은 건 하지 말라고 말 걸어주는 것 같아. 가끔 우울할 때면 "아, 일이나 들어왔으면 좋겠다" 하면서 '받은 메일' 0인 메일함을 몇 번씩이나 확인할 때도 있다니까.

우리 번역가의 하루는 대체로 아무 교류도, 사건도 없고 마치 정지 화면처럼 고정되어 있지만 마음속에선 이렇게 하루에도 몇 번씩 비바람이 불고 파도가 치지. 주인공이나 저자와 사랑에 빠졌다가 미워지기도 하고, 일 때문에 기분이 하늘을 날았다가 급격히 바닥을 치기도 하고, 난제를 만나고 고뇌를 하지. 아무리 홀로 고요히 일을 한다 해도 평정심은 쉽게 찾아오거나 유지되지 않더라. 그래서 건강한 생활 습관을 유지하면서 나의 감정을 관리하는 것도 번역을 잘하는 것만큼 중요하다고 생각해. 그 어떤 아픔이나 좌절도 시간이 상당 부분 치유해준다는 사실을 아는 나이가 되어서 다행이라는 생각도 들고.

그나저나 깁스 푼 것 축하한다! 도보의 자유를 만끽하길!

2021년 12월 14일

끝내

번역할 수 없더라도

우리 아버지의 직장 동료였고 오랜 친구인 제레미라는 분이 있어. 제레미는 뉴질랜드 외교관이라 가족과 함께 전 세계를 돌아다니며 사는데도 잊지 않고 아버지와 계속 연락을 주고받으셨어. 아버지 건강이 악화되어 연락을 할 수 없는 상황이 된 뒤에는, 해마다 크리스마스 무렵이면 나에게 메일을 보내 우리 가족의 안부를 묻고 당신 가족의 소식도 전해주시곤 했지. 재작년 여름에 아버지가 돌아가시고 크리스마스 메일을 주고받는 전통은 끝이 났지만, 크리스마스 무렵이 되니 제레미가 생각난다. 특히 아버지의 부고를 전하기 전에 마지막으로 받은 크리스마스 메일이 떠올라 다시 찾아 읽어봤어. 여기 옮겨볼게.

크리스마스 때가 되면 늘 너희 아버지가 생각나서 편지를 쓰게 된다. 전에는 아버지가 늘 예쁜 카드에, 종종 성경 문구를 곁들여서 메시지를 보내주시곤 했거든. 너희 아버지는 대단한 분이고 그분을 알게 되고 친구가 될 수 있었던 것에 늘 감사하며 산다. 아버지가 잘 지내시기를 기도한다.

나와 애들린(제레미의 부인)은 둘 다 건강하고 잘 지내고 있어. 애들린은 올해 초에 직장에 복귀했어. 여러 해 전에 다녔던 로펌에 법률 서기로 들어갔는데 회사 사람들이 애들린이 다시 돌아와 반가워한단다! 우리는 날마다 기차를 타고 같이 출근하고, 점심시간에 만나서 같이 점심을 먹고 일과를 마치면 버스를 타고 집으로 돌아와. 좋은 삶이야

It's a good life.

It's a good life. 평범하다고도 할 수 있는 일상 이야기에 덧붙여진 이 문장이 마음에 오래 남았어. '나는 내 삶을 두고 이렇게 말할 수 있을까' 싶어 조금 놀라기도 했고. 쉬운 문장이지만 쉽사리 번역되지 않는 낯선 정서라는 생각도 들었지.

아이를 같은 어린이집에 보내면서 가까워진 소설가님이 있어. 내가 정말 좋아하고 닮고 싶어 하는 분이지만 내가 작은 바람에도 흔들리는 촛불이라면 그분은 큰 바람이 불어도 수면만 살짝 떨리는 강물 같은 분

이라, 아예 인간의 종류가 달라 닮는 게 (아니면 흉내라도 내는 게) 불가능하다는 걸 진작 깨달았지. 몇 해 전 어느 날 그분하고 같이 점심을 먹기로 했는데, 마침 내가 번역한 소설이 나왔길래 한 권 들고 가서 뿌듯해하며 드렸어. 그런데 책 띠지에, 그 소설에서 여자 주인공이 남자 주인공에게 하는 말인 "사랑을 겁낼 필요 없어요"라는 말이 크게 인쇄되어 있었거든? 그걸 보고 그분이 그러셨어. "이런 거 보면 정말 신기해요. 우리말로는 이런 말은 안 하잖아요." 그 말을 듣고 나는 가슴이 또 촛불처럼 흔들렸지. '너무 번역투라고 느끼시나 보다. 왜 나는 그런 생각을 못 했을까.' 부끄러워졌어. 집에 와서 곰곰 생각해보니까 번역을 문제 삼은 건 아니고 우리 정서상 '사랑'이라는 말을 입에 담으면 어색하게 느껴진다는 말이었는데 제발 저렸더라고. 우리 언어생활 반경 안에서 들을 수 없는 말이라는 걸 그분은 예민하게 감지했던 거지. 번역이 정말 어려워지는 지점이 이런 데인 것 같아. 나쓰메 소세키가 영문과 교수 시절에 "I love you"를 "달이 아름답네요"로 번역했다는 일화도 생각난다.

"It's a good life"라는 말도 주변에서 흔히 들을 수 있는 말은 아니지. 한국인들은 (그중에서도 나는 내가 생각하기에도 심하게 그러는 편인데) 대체로 자신을 깎아내리는 습관을 예의로 장착하고, 아무리 행복하고 잘 나가더라도 그렇다고 말하지 않고 겸손을 떨거나 엄살을 부리니까. 행복감이나 만족감을 과시하다가 동티가 난다거나 다른 사람의 질시를 사서 험한 꼴을 당한다는 경고를 어릴 때부터 익숙하게 듣기도 했고. 과연 나도 제레미처럼 내 삶을 자신 있게 긍정할 수 있을까.

특히 번역하는 사람은 작업의 본질상 자신감을 갖기가 어렵지. 전에도 한 이야기지만 원문이 절대선으로 존재하는 한 결코 완성형이 될 수 없는 게 번역이라, 그래서 너도 편집자의 의견을 꺾지 못하고 "심장으로 번역했다"고 할 만큼 공들인 문장을 아쉽게도 포기할 수밖에 없던 게 아닐까 싶다. 번역은 도달할 수 없는 점근선을 향해 가려는 초조한 시도의 연속이다 보니 그로 인한 좌절감, 편집자의 빨간 펜, 독자들의 비판, 이런 수십 가지 목소리에 다그침과 타박을 받는 게 일상인 것 같기도 해. 네가 인용한 정영목 번역가 말처럼 '학대'라는 말도 지나치지 않겠다. 경제적 보상이라도 있다면 그 모든 것에도 불구하고 자부심을 가질 수 있을 텐데, 책에 따라 시간당 수입이 최저임금에도 못 미칠 때도 있으니 전문직이라고 할 수나 있을까 하는 생각도 들어.

온라인 서점에서 서평을 읽을 때 클리셰처럼 자주

접하게 되는 말 중에 이런 게 있잖아. "책은 좋은데 번역이 좋지 않다. 원서로 읽고 싶다." 이게 번역서를 대하는 독자들의 공통 소망인 것처럼 느껴질 때도 있어. 아, 이 세상에 번역가가 없다면 (혹은 번역가 대신 바벨 피시* 한 마리씩만 있다면) 얼마나 좋을까! 인간이 교만해서 바벨탑을 짓는 바람에 세상에 이렇게 여러 언어가 생겼다지? 우리가 번역가를 통해 중재된 또는 훼손된 텍스트를 읽을 수밖에 없는 건 인간의 원죄 때문에 주어진 형벌인 거지. 실제로 번역이 잘 되었든 못 되었든 번역 때문에 원본urtext을 만나지 못하는 것은 사실이니까. 독서가 실패하는 것은 여하튼 번역가 탓인 거야.

이건 한껏 비관적인 기분일 때의 사고를 옮겨 적은 거고, 늘 이런 생각을 하는 건 아니야. 드문 일이긴 하지만 내가 잘 고르고 털어서 쓴 문장이 유난히 윤이 난다 싶을 때도 있고, 저자가 하고자 하는 말을 저자보다 더 잘 전달했다 싶어 뿌듯할 때도 있으니까. 책으로 완성된 최종 결과물이 마음에 들고 자랑스러운 날도 있으니

* 더글러스 애덤스의 《은하수를 여행하는 히치하이커를 위한 안내서》(김선형·권진아 옮김, 책세상, 2005)에 나오는 물고기로, 귀에 넣고 있으면 어떤 언어를 듣든 모국어로 번역되어 들린다.

까. 산봉우리에 봉화 올리듯, 낯선 곳에 사는 다른 사람의 이야기를 이곳 사람들에게 전달한 일이 의미 있다 싶을 때도 있으니까. 이렇게 전달한 이야기에 기뻐하거나 슬퍼하거나 분노하거나 감동한 사람들이 있음을 알게 되어 기쁜 날도 있으니까. 책 속으로 들어가 다른 세상, 다른 시간으로 이동하며 설렐 때도 있으니까. 번역을 하며 몰랐던 사실을 알게 되고, 모르는 사람의 마음속에 들어가 보게 되니까. 그렇게 책을 통해 '우리와 다르다', '우리와 상관이 없는 현실이다'라고 생각한 존재를 직면하고 공감할 수 있으니까. 그런 공감을 이미지나 소리 등의 도움 없이 텍스트만으로 이루어낸다는 게, 가끔은 기적처럼 느껴지기도 하니까.

그럴 때면 나도 말할 수 있을 것 같아. "It's a good life"라고. 어쩌면 한국어로, 나의 '현실'로, 익숙한 인식의 틀 안으로는 번역이 안 되는 말인지는 모르겠지만, 혼잣말처럼 말해보고 나와 같은 일을 하는 너에게도 슬쩍 건네본다. 한 줄 한 줄씩 느릿느릿 하루를 채워 나가지만 몇 달이 지나고 나면 어느새 그게 책 한 권이 되어 있기 때문에. 오직 그 이유 때문에라도 "It's a good life"라고.

우리가 여름부터 편지를 쓰기 시작했는데 어느새

연말이 되었구나. 내 느낌에는 작년부터 코로나19가 지배하는 세상을 살았고 올해가 '코로나력' 2년인 것 같아. 내년에는 다시 서기 2022년으로 돌아갈 수 있기를. 모두가 힘들게 보낸 한 해였지만, 나는 너하고 편지를 주고받으며 위로를 많이 받았어. 번역은 '혼자' 하는 일이지만 그래도 '혼자서만' 하는 게 아니라는 걸 느낄 수 있어서 좋았다. 우리가 주고받은 편지가 번역을 업으로 하는 다른 이들, 번역을 하고 싶은 이들, 책을 좋아하는 이들, 세상의 모든 이에게 따듯함을 전하는 작은 사랑의 인사가 되기를, 성탄 기분에 젖어 소망해본다.

2021년 12월 14일

너와 나의

최고의 순간은

올해 가을 창경궁에 갔다가 외국인 대여섯 명에게 고궁에 대해 설명해주던 가이드를 유심히 바라봤어. 나도 저런 일을 하면 어떨까? 용어와 해설은 외우면 되고 아직 기본적인 영어 회화는 할 수 있을 테니까, 억양과 발음만 보강해서 BTS를 좋아하는 유럽과 미국의 청년들에게 한국의 전통과 미를 알리는 거지. 한국어도 몇 마디 가르쳐주고 한국 식당도 추천해주고, 미드와 한드 이야기도 주고받은 다음 어메이징한 여행이 되길 바란다며 손을 흔들어줘야지.

몇 주 전에는 아이 친구의 엄마와 산책하면서 등하원 도우미 시급이 괜찮다는 이야기를 들었어. 내 딸은 곧 성인이 될 테고 나는 꼬마들을 좋아하는데 해볼 수 있지 않을까? 여섯 살 정도의 똘똘하고 귀여운 여자아이를 유치원에서 데려와 놀이터에서 놀아준 다음에 집에 가서 내가 번역한 동화책도 읽어주고 머리도 양 갈래로 따주는 거야. 그러다 아이 엄마가 회식 때문에 늦는다고 하면 괜찮다고, 얼마든지 늦게 들어와도 된다고 말하고 맛있는 저녁까지 먹여야지. 그 가족은 몇 년 후에 이사를 하게 되고 아이는 이모와 헤어지기 싫다며 울면서 매달리는데…….

여기까지 상상하다가 고개를 흔들었어. 나는 알고 있거든. 막상 그 일들을 해보면 모든 환상이 와르르 깨질 거라는 걸. 이상한 사람을 만나 상처를 받을 테고 투자한 노력과 시간에 비해 대가가 적다고 느낄 것이며, 후회와 고민이 가득한 낮과 밤 들을 보내게 될 거라는 것. 왜냐면 어떤 일이 되었든 (투기나 사기가 아닌 이상) 남의 돈을 내 지갑으로 가져온다는 건 무진장 고생스럽고 험난할 수밖에 없으니까. 내가 그 일을 할 자질이 있고 선호한다는 사실과, 그 일을 프로의 수준으로 끌어올려 지속적인 수입 창출을 하거나 추천받을 정도가 된다는 건 완전히 다른 차원이니까. 예상 이상의 각고의 노력이 필요하고 때로는 육체적·정신적 고통이 수반될 수밖에 없겠지. 아이를 한 번 맡아주는 것과 내가 매 순간 책임지고 돌보는 것이 어떻게 그 무게가 같을 수 있을까.

어른의 필수 과목이라 할 수 있는 이 밥벌이의 괴로움을 내가 그나마 가장 좋아하고 재미있어 하는 일을 통해 배웠네. 평생 책 읽고 글 쓰고 생각만 해온 내가, 책 읽고 글 쓰고 생각하는 일을 직업으로 삼았는데도 돈벌이라서 예기치 않은 불상사를 매번 감내해야 하고, 인내심과 자제력을 바닥에서부터 끌어올려야 한다는 것 말이야.

그렇지만 이 냉정한 직업의 세계를 오랜 기간 몸으로 체험했기 때문에 자유롭다고도 느껴. 실망과 타협이 기본 값이라는 걸 알아서 말이야. 대신 타인이나 세상이 내가 원하는 밥상을 차려줄 거란 기대를 하지 않게 되었지. 그와 동시에 내 손으로 하나하나 쌓아올린 세계는 누구도 무너뜨릴 수 없을 정도로 견고하여 나의 버팀목이 되어준다는 진리 또한 배웠잖아.

얼마 전에는 평소와 똑같이 일을 하고 집에 와서 식구들이 오기 전에 소파에 앉아 산등성이 너머로 붉게 타오르는 석양을 바라보고 있는데 내 안에서 어떤 목소리가 들리더라. "계속 이렇게 살아도 괜찮겠다. 낮에 글 쓰거나 번역을 하고 저녁을 맞는 이 삶이 참 괜찮다."

한국인들이 "이 정도면 괜찮다"라고 표현하는 것이 네가 아버지 친구분의 편지에서 보았다는 "It's a good life"일지도 모르겠네. 맞아. 문득 이 일이 고맙고 뿌듯할 때도 많아. 하지만 나는 여기서 조금만 더 원할래. 내가 만족을 잘 못하기 때문에 그만큼 행복하기 쉽지 않은 건지도 모르지만 그래도 지금보다 일이든 내 인생이든 더 나아지기를, 풍요로워지기를 바라. 경제적인 보상을 더 받으면 좋겠고 지금보다 더 존중받으면 좋겠어. 우리뿐만 아니라 출판계 프리랜서들의 작업 환경과 만족도가 높아지고 번역가에 대한 지원이 확대되고, 그래서 이 일을 하고 싶어 하는 눈이 반짝반짝한 후배들에게 "너를 한번 걸어봐라. 그럴 만한 일이다"라고 말할 수 있다면 얼마나 좋을까 싶어.

그래서 "The best is yet to come"이라는 문장이 찾아와 가슴에 박힌 걸까? 이 문장을 들은 건 SNS의 한 영상에서인데 누군가 귀에 이어폰을 꽂고 음악을 들으며 바삐 걸어가는 뉴요커들을 붙잡고 "지금 무슨 음악 들으세요?"라고 물어봤어. 그때 키가 크고 갈색 머리에 정장 차림의 여성이 "프랭크 시나트라의 〈The best is yet to come〉이요"라고 대답한 다음 활짝 웃으며 빗속을 뛰어가는 거야. 그 미소와 분위기와 제목을 잊을 수가 없어서 그날 바로 작업실 화이트보드에 적어놓고 무슨 주문이나 부적이나 되는 것처럼, 일하다 고개를 들고 바라봤네. 가사를 조금 더 살펴보면 “It’s a good bet, but the best is yet to come”이야. 꽤 좋은 패를 갖고 있긴 하지만 아직 최고의 순간은 오지 않았어(올 거야!).

작년과 올해 많은 이가 깜깜한 밤길을 걷는 기분이었겠지만 나 개인적으로도 올해가 순탄하지는 않았고 가끔 상처를 펼쳐보며 울던 날들도 있었다. 그래도 네 편지가 깜박일 때나 너에게 편지를 쓰고 있을 때면, 세상에 내놓아도 크게 부끄럽지 않은 무언가를 둘이 같이 만들어가고 있다는 생각에 슬며시 웃음이 나왔지. 늘 혼자 일하는 우리한테는 선물 같은 과정이었어.

이제 와 고백하는데 아주 오래전, SNS가 생기기 한참 전에 네가 운영하던 블로그를 찾아가서 몰래 염탐한 적이 있다. 나를 기억이나 할까 싶고 부담스러워할까 봐 아는 척도 못하고 아이를 키우고 번역을 하는 너의 일상을 훔쳐보곤 했는데, 이렇게 같은 일을 하게 되고 속내를 터놓는 사이가 되고 무려 열두 번의 편지까지 주고받게 되다니 사람의 인연은 신기하고 놀랍다.

내 친구들은 연배가 많은 분들의 경험과 통찰을 ‘인생 스포일러’라고 이야기하거든. 내가 번역의 세계에 들어가기 위해 열심히 문을 두드리고 있을 때 우리의 편지를 읽었다면 도움이 되었을까? 어쩌면 경력이나 인생의 스포일러를 보고 있다고 생각했을까? 흥행 영화는 당연히 아니겠지만, 그래도 여기까지 끌고 왔으니 수긍이 가면서도 마음이 따뜻해지는 결말을 보여주고 싶구나. 원문을 충실하게 옮기다 보니 인생도 충실하게 살게 되었다고 말할 수 있는 그 날이 오기를 바라본다.

2021년 12월 20일

맺음말

너와 나의 번역 이야기

ㅇ

2020년 말에 유영번역상을 받았다. 한국에서 '번역'에 주는 상은 정말 몇 개 안 된다. 그런데 그 전 해에 좋은 책을 만나 번역할 수 있던 덕에 운 좋게도 내가 상을 받게 되었다. 코로나19 유행이 계속되었기 때문에 온라인으로 시상식이 진행되었다. 날마다 앉아서 일하는 책상 뒤쪽의 잡동사니를 치우고 미리 받은 축하 꽃다발과 화분을 놓고 온라인 화상회의 프로그램에 접속했다. 재단 이사장님이 수상자를 호명할 때 내가 미리 택배로 받은 상패를 화면에 비치게 들었다. 시공간을 초월한 시상이 이루어진 다음에는, 시상식 전에 있던 번역 심포지엄 참석자와 심사위원분 들(대부분 교수와 작가)이 축하의 말과 덕담을 해주었다.

그 가운데 이런 이야기가 꽤 많았다. "번역상도 받으셨으니 다음에는 꼭 본인 이름으로 책을 내실 수 있기를 기대합니다." 책을 번역하는 일도 대단하긴 한데, 책을 쓰는 것에 비하면 조금은 부족한 성취라고 생각하는 것 같았다. 물론 여기저기에서 자주 듣는 말이긴 한데("번역하다가 자기 책을 쓰고 싶다는 생각은 안 드나요?"), 번역의 성취에 주목하고 칭찬하는, 한 손으로 꼽을 만큼 드문 행사 자리에서도 같은 이야기를 들은 건 좀 뜻밖이었다. "언제쯤 본인의 책을 쓸 건가요?" 그 질문을 받으면 나는 생각했다. 내가 가장 잘할 수 있는 일은 글쓰기가 아니라 번역인데, 굳이 내가 글을 써야 할 이유가 있나?

그런데 (이미 자기 이름으로 에세이집을 냈고 당시 두 번째 책도 출간 작업 마무리 단계에 있던) 친구가 해보자고, 할 수 있을 거라고, 재미있을 거라고 말해주었다. 그래도 나는 의심했다. "너랑 나랑 번역 이야기하면 우리는 재미있겠지. 하지만 누가 그런 걸 읽고 싶어 해?"

이 책을 기획하고 우리에게 제안한 동녘 출판사 편집자를 처음 만나기로 한 날, 나는 이 기획에 대한 강력한 반론으로 이런 질문을 준비해갔다. "누가 그런 걸 읽고 싶어 해요?" 편집자는 나와 내 친구가 SNS에서 지나가듯 한 말, 잡지 인터뷰에서 한 말, 잡지 기고문에 쓴

말까지 다 읽고 기억하고 그게 왜 재미있었는지 말해주었다. 그래서 이 책을 쓰게 되었다. 번역상 시상식에서 많은 분이 해준 덕담이 이루어진 셈이다. 이제 첫 책이 나오게 되었지만, 그래도 나는 여전히 내가 작가가 아니라 번역가라고 생각한다.

리디아 데이비스가 〈번역의 스물한 가지 기쁨〉이라는 에세이에서 첫 번째 기쁨으로 꼽은 것은 이런 것이다. "정해진 텍스트의 섬, 뚜렷한 범위 안에서 글을 쓰는 기쁨." 작가가 글길이 막혔을 때, 창작의 불안이나 스스로에 대한 의심이나 긴장, 초조감 없이 할 수 있는 일이 번역이라고 덧붙였다. 그래서 롤랑 바르트는 글쓰기를 힘들어하는 젊은 작가에게 한동안 창작을 중단하고 번역을 하라고 권하기도 했단다.

작가의 입장에서 보는 번역은 이런 것이구나(창작의 보조물?) 다시금 알게 되었다. 그러면 나는 번역가 입장에서, 글쓰기가 어떤 것인지 말해볼 수 있을 것 같다. 글을 쓰는 기쁨 — 친구가 손을 잡아줬기 때문에 스스로에 대한 의심이나 불안, 긴장, 초조감을 억누르고 할 수 있던 너와 나의 번역 이야기.

홍한별

참고 문헌

언어 사이를 종종거리는 기분 _ 노지양

리즈 틸버리스, 《나는 왜 패션을 사랑하는가》, 노지양 옮김, 책읽는수요일, 2014, 350쪽.

비비언 고닉, 《사나운 애착》, 노지양 옮김, 글항아리, 2021, 313쪽.

쓰지 유미, 《번역과 번역가들》, 송태욱 옮김, 열린책들, 2005, 7쪽.

이디스 그로스먼, 《번역 예찬》, 공진호 옮김, 현암사, 2014, 17쪽.

번역가를 갈아 넣어도 되는 걸까 _ 홍한별

가즈오 이시구로, 《클라라와 태양》, 홍한별 옮김, 민음사, 2021.

노지양, 《오늘의 리듬》, 현암사, 2021.

좋아서 하는 일에도 돈은 중요해 _ 노지양

쓰지 유미, 《번역과 번역가들》, 송태욱 옮김, 열린책들, 2005, 196쪽.

데이비드 벨로스, 《번역의 일》, 정해영 · 이은경 옮김, 메멘토, 2021, 386쪽.

물살을 버티는 단어들 _ 홍한별

〈미용실 등 '주로 여성이…' 뜻풀이, 표준국어대사전서 빠졌다〉, 《한겨레》, 2021.8.3.

움베르토 에코, 《프라하의 묘지》, 이세욱 옮김, 열린책들, 2013.
Maclean's, St. Joseph Communications.

'요즘 애들' 말투 배우기 _ 노지양

니콜라 윤, 《에브리씽 에브리씽》, 노지양 옮김, 위즈덤하우스, 2017.
제시카 발렌티, 《처음 만나는 페미니즘》, 노지양 옮김, 교양인, 2018.
제시카 베넷, 《페미니스트 파이트 클럽》, 노지양 옮김, 세종서적, 2017, 61쪽, 339쪽.
체비 스티븐슨, 《스틸 미싱》, 노지양 옮김, 알에이치코리아, 2012.
클레어 손더스 외, 《파워북》, 노지양 옮김, 천개의바람, 2020.

네 글자의 명쾌함 _ 노지양

게브리얼 제빈, 《비바 제인》, 엄일녀 옮김, 문학동네, 2018.
록산 게이, 《나쁜 페미니스트》, 노지양 옮김, 사이행성, 2016.
멜리사 브로더, 《오늘 너무 슬픔》, 김지현 옮김, 플레이타임, 2018.
세라 요게브, 《행복한 은퇴》, 노지양 옮김, 이룸북, 2015.
스콧 스토셀, 《나는 불안과 함께 살아간다》, 홍한별 옮김, 반비, 2015.

다시 쓸 용기 _ 홍한별

Cornell Woolrich, *Speak to Me of Death*, Centipede Press, 2012.
리베카 솔닛, 《마음의 발걸음》, 김정아 옮김, 반비, 2020, 239쪽.
애거사 크리스티, 《열 개의 인디언 인형》, 이윤기 옮김, 섬앤섬, 2010.
지아 톨렌티노, 《트릭 미러》, 노지양 옮김, 생각의힘, 2021.

우리는 투명한 그림자야 _ 노지양

지아 톨렌티노, 《트릭 미러》, 노지양 옮김, 생각의힘, 2021.

교정지 위 붉거나 푸른 마음 _ 홍한별

〈책 교정자의 바람 단 하나, "오탈자 없게 해주세요!"〉, 《시사인》 726호, 2021.8.17.

은유, 《출판하는 마음》, 제철소, 2019.

아까운 책, 아깝지 않은 우리 _ 노지양

George Dohrmann, *Surperfan*, Penguin Random House, 2018.

Maya Van Wagenen, *Popular*, Penguin Random House, 2015.

Nina Garcia, *The Style Strategy*, It Books, 2009.

책의 탄생을 함께하는 꿈 _ 홍한별

아글라야 페터라니, 《아이는 왜 폴렌타 속에서 끓는가》, 배수아 옮김, 워크룸 프레스, 2021.

옮긴이의 이름을 기억하다 _ 노지양

노지양, 《먹고사는 게 전부가 아닌 날도 있어서》, 북라이프, 2018.

앨런 러스브리저, 《다시, 피아노》, 이석호 옮김, 포노, 2016, 340쪽.

내가 길들인 '강아지'들 _ 홍한별

Marianne Moore, *Poetry*, http://www.slate.com/articles/arts/poem/2009/06/marianne_moores_poetry.html. (시의 정확한 출처를 찾기 어려워 부득이하게 이 시가 인용된 기사를 수록했다.)

로저먼드 영, 《소의 비밀스러운 삶》, 홍한별 옮김, 양철북, 2018.

에이드리언 리치, 《우리 죽은 자들이 깨어날 때》, 이주혜 옮김, 바다출판사, 2020, 33쪽.

조 페슬러, 《이 문장은, 내 삶을 완전히 바꾸어 놓았다》, 홍한별 옮김, 위즈덤하우스, 2019.

조재룡, 《번역과 책의 처소들》, 세창출판사, 2018.

번아웃이 온 당신에게 _ 노지양

앤 헬렌 피터슨, 《요즘 애들》, 박다솜 옮김, RHK코리아, 2021.

여자가 어떤 일을 하더라도 _ 홍한별

에이드리언 리치, 《우리 죽은 자들이 깨어날 때》, 이주혜 옮김, 바다출판사, 2020, 38쪽.
토니 모리슨, 《빌러비드》

그 책을 번역하지 못한 이유 _ 노지양

샬롯 브론테, 《빌레뜨》 하, 조애리 옮김, 창비, 2020, 165쪽.

'그녀'에서 '녀'를 지우다 _ 홍한별

〈'책 생명 늘려야죠'… 문학 속 '성차별' 패치 떼는 출판계〉, 《한겨레》, 2021.9.15.
Jeanette Winterson, *12 Bytes*, Grove Press, 2021.
애나 번스, 《밀크맨》, 홍한별 옮김, 창비, 2019.

심장으로 옮긴 문장 _ 노지양

아이리스 고틀립, 《뷰티풀 젠더》, 노지양 옮김, 까치, 2020.
이제오마 울루오, 《인종 토크》, 노지양 옮김, 책과함께, 2019.
〈[2015 올해의 번역가] 김명남〉, 《시사인》, 432호, 2015.12.30.
정영목, 《완전한 번역에서 완전한 언어로》, 문학동네, 2018, 77쪽.
제마 하틀리, 《남자들은 항상 나를 잔소리하게 만든다》, 노지양 옮김, 어크로스, 2019.

끝내 번역할 수 없더라도 _ 홍한별

더글러스 애덤스, 《은하수를 여행하는 히치하이커를 위한 안내서》, 김선형·권진아 옮김, 책세상, 2005.

맺음말

* Lydia Davis, 〈Twenty-One Pleasures of Translating (and a Silver Lining)〉, *Essays Two*, Hamish Hamilton, 2021, p.6.